パク・ソルメ

影犬は時間の約束を破らない

斎藤真理子訳

河出書房新社

目次

影犬は時間の約束を破らない

夏の終わりへ

友達のガイドをやることになった。友達のホ・ウンはそのために温陽（オニャン）にあるホテルの部屋を四十日間借りていた。ホ・ウンと私はそれぞれの家でクリスマスを過ごし、二十九日に温陽にやってきた。ホ・ウンの車の後部座席はトランク二個と猫用の砂とえさ、空気清浄機と加湿器でいっぱいになっている。ウンが運転し、私は助手席でウンの猫チャミが入ったペットキャリアを抱く。ペットキャリアを最初に部屋に入れ、さらに二往復以上してようやく必要な荷物の大半を運ぶことができた。持ち込んだ荷物を片づけ、しばらく休んでからよいしょっと立ち上がったウンと私は、一緒にホテルの地下の温泉に入って部屋に戻った。気持ちよくさっぱりした顔になり、財布を持って近所の納豆汁屋さんに出かけ、納豆汁を食べた。この店に何回来ることになるかなあ。ふとそんなことを思い、髪の毛からはシャンプーと納豆が混ざった匂いがし、ホテルに帰ってからも納豆の匂いは残っていた。何かで飛ばせないかな？　もうすっかり乾いている髪の毛にドライヤーの熱風を当ててみたけど、飛んだかどうだかわからない。それぞれのベッドでテレビの年末特番を見て、ホテルのロビーから持ってきた新聞を読み、お互いのやるべきことを持ち寄ってチェックしてみた。ホ・ウンの猫のチャミは知らない場所にまだなじめず、ベッドの下にうずくまっていた。ホ・ウンがこのホテルを選んだのは、ホテルの社長が親戚なので、猫と一緒に泊まれるからだ。リフォームをしばらく延期している建物の、はずれの客室が私たちの部屋だった。私たちが出たらすぐに壁紙を貼り直し、新しい家具を入れるということだ。温泉に入った後だからだろうか、気だるくなって、テレビを見ながらうとうとし、とろとろと眠りかけてから目を覚ますとまたすぐ眠くなった。

三十日には温陽市場を見物した。図書館の位置も調べておいた。四十日間も温陽で何をしたらいいのだろう、私は他の場所のことを考えるだろう。ガイドの仕事が終わってお金をもらったらどこに行くか、決めておかなくちゃと思った。

——夫から連絡が来てた。

——何て?

——心配だって。

――そう。経験がないからかな？　私もやったことないから、心配ではあるけど。

ホ・ウンは子供を流産した後で近くのクリニックに冬眠申請をした。冬眠申請をするのはだいたいにおいて、長期休暇をとれるだけの余裕のある人たちだ。歯科医であるホ・ウンは七年前にも冬眠を経験している。その後はずっと忙しく過ごしていて、忙しいわ寒いわですっかり疲れてしまったときには、暑い国にさっと旅行して帰ってくることもあった。冬眠は、健康診断とカウンセリングを受けた後でスタートする。期間の設定によっては途中で起き、二日ほど起床状態で過ごしてから薬を飲んでまた冬眠に戻ることもあるが、どんなケースでも、万一の場合に備えて冬眠者の状態を見守ってあげる人が必要になる。それがガイドの役割で、ガイドを雇う余裕までない人は通常、冬眠期間を短めに設定する。ガイドの業務は冬眠者をちゃんと見守ることだ。やるべきことは多くないが、信頼できる人にしか任せられない仕事だ。

――明日はお酒、飲もう。

――飲んでもいいの？

――たくさんじゃなくて、カウントダウンした後で一口ぐらい飲もうかと思って。

日数を数えやすいよう、ホ・ウンの冬眠は一月一日から始める予定だった。日記を書かなきゃねと、私は言った。日記とは別に冬眠日誌も作成しなくてはならない。昨日と同じくまたうとうとして、夜中にテレビの明かりで目が覚めた。二日間ずっとベッドの下にいたチャミが、二人とも寝ている夜中に出てきてえさを食べていた。チャミのことは構わず、目を閉じて、ボリュームを落としてあるテレビの内容を想像してみた。チャミがえさを食べる音、続けて水を飲む音、それから砂をかき混ぜて遊ぶ音が聞こえた。温陽(オニャン)からソウルまでは汽車で一時間しかかからないが、とはいえ南は南だから、ソウルよりは寒さが厳しくない感じだった。遠い先のことは考えないようにしているけれど、ソウルで毎日出勤して働くことを考えると、私も思わず息が詰まりそうな気持ちになる。ひょっとしたら、そんなのはまだましな方かもしれない。仕事がずーっと見つからないことだって、あるかもしれないのだ。苦しくて、なぜ苦しいんだろうと思い、今悲しい理由　それを解決するためにやるべきこと　その成功率　について考えていったらどうしようもなくなって、もう考えなくなるだろうな。チャミが砂をかき混ぜる音が止まり、私はもっと静かにして、動かないで、心が落ち着くのを待った。私は四十日間を、いや一か月程度をどう過ごすかだけを考えよう、それだけ、考えよう、考えよう、それだけを、と思ってまた眠りについた。

これから何度も夜中に目が覚めるかもしれないな、普段はぐっすり眠る方だが、なぜだかそんな気がした。そういうときには温陽駅まで散歩に出て、コンビニでミネラルウォーターを買ってくることにしようと決めた。考えることを減らし、毎日やるべきことを決めておいてそれをやろう。それが私の小さな目標だった。

ホ・ウンが妊娠していたとき、一緒にお昼を食べたことがある。私が勤めていた会社との契約が切れて間もなく、ぶらぶらしていたころだ。ホ・ウンが働く歯科医院のそばで会い、一緒にサンドイッチを食べた。

——冬眠だってできるようになったのに、みんながまだ妊娠して子供を産んでるのが不思議ね。

ホ・ウンは他人の話をするように軽く、でもどことなく弾んだ声で言った。もうすぐすたれて誰もやらなくなるようなことを、私はこれからやっちゃうんだから、と言った。どういう気分なのか説明するとね。冬眠ができるようになったみたいに、ある日から、女性の身体を通さない妊娠出産が自然なものになるとするよね。そうなったらみんなが、女性たちが子供を十か月もおなかに入れていたなんていつの話だよって感じで行動するでしょ。そうなったら私は、妊娠経験のある過去の身体と思われて、時代遅れの気の毒な人として存在することになるんだよね。そういうことを全部経験してみたい気がするんだ、旧型人間として存在すること、身体が変化すること、子供が産まれること、子供を完全に愛すること、そして、どこで作られてどこで産まれるのかわからないけど新しい方法で出現した子供たちが育って大人になって、そして時が経ったら、私は死ぬの。ホ・ウンはそんな壮大な話を、昨日食べたおいしいランチの話をするみたいに笑いながら語り、けどねー、という感じで話しつづけた。けどねー、実際のところ、心の中は何も変わらないような気がするよ。冬眠よりもっとびっくりするようなことに慣れた後でもみんな、子供は女性の身体を通して生まれるのが当然と思ってるんじゃないかな。そのとき私は、ホ・ウンが子供を産み、それからまた時間が経って、女性の身体以外のほかのところで二人め、三人めの子を産み育てているときも、私は変わらない身体のままで　だけど変わる必要もない身体のままで　それでも変わるしかない身体のままで存在していそうだなと思い、とはいえそこに何の心も感情も気持ちも混じっていない状態で私自身を見ていた。いつか冬眠をしてみたいという気持ちはあった。冬眠をすることと冬の間眠ることとは、同じだけどすごく違う行動のように感じられる。あまりに寒い日々はスルーしたかったし、二日ぐらいぐっすり眠りたかった。つまり私は冬ごもりをしたかった。

毎日チェックするリストをまた見直して、町の市場やスーパー、図書館や書店などをもう一度見に行った。ウンはチャミと遊んで過ごすと言った。起こされても起き上がれないよ、遊んでやれないよ、眠っているからだめなんだよってチャミに説明するの、と言っていた。説明すればわかってくれるよね。チャミはいつも哲学者みたいだった。思慮深い猫、静かで繊細な猫。ホ・ウンの猫にはしょっちゅう会ってたし、ウンの旅行中に世話をしてやりに行くこともあったけど、チャミは一日に一度は私に食ってかかった。私の存在に驚いたみたいに後ずさりしながら、引っかくような音を立てた。私とチャミだけでずっと一緒にいたら、そんなこともしなくなるかな？　でも私がじっとしていると、ときどき私の脚に頭をぶつけてから姿を消した。それはとてもいい瞬間だった。

ホテルの部屋で料理はできないが、毎日外食はしたくない。それはもちろん仕方のないことだ。私も多くのことはあきらめて食パンにジャムを塗ったり、サラダや卵を食べないといけないなと思った。一か月は短いといえば短い時間のようにも感じられる。そうやって過ごしていって、外食したい気分になったらレストランで食べて、と考えていき、図書館に毎日行ってそこの売店を利用したっていいんだしと思った。ホ・ウンに配慮してあげなきゃ、ホ・ウンを見守らなきゃという考え方はなしにした。私はやるべきことをやり、自分のことだけ考えよう。それがホ・ウンにとってもいいだろう。

いつだってソウルで暮らすのは生易しいことではなかったが、この五年は加速度がついてもっとしんどくなった。当然、冬眠申請をする人の数も増えた。去年一月の平均気温が零下十八度だったというニュースを見た。私はそんな場所で生きてきて、これからも生きていくだろうし、生きるしかないのだが、そんなにも寒い場所でこんなにも大勢の人が暮らしているという事実を改めてすごいことだと実感する。といって他の場所に住むことも考えられない、そういう状態なのだ。冬が過ぎたらまともに考えられるようになるだろう。今は何にせよ、新たに何かを考えるということがしんどい。そんなことを思いながら歩いて、ところでどうしてここには温泉ができたんだろう　理由があるんだろうな　高度とか位置とか、と独り言を言っていたら路地の小さな銭湯が目に留まったので入ってみた。どこにいても、何も考えずに何かやっちゃうということはでき、ソウルであれば突発的にカフェに行ったり、新しくできたお店に入って、買える範囲の小さくて高価なものを買ったりといろいろあるだろうけど、温陽(オニャン)では思いがけず温泉に。銭湯のせっけんで体と髪をざっと洗い、ホテルの地下の温泉の一・五倍くらい熱いお湯に浸かって心の中で数字を数えた。ホ・ウンはチャミにわからせてやれたかな、わかったからといって望み通りに行動してはくれないだろうし、それは難しいだろうけど。ふと、母さんのことを思い出した。母さんは初めての子を、一歳の誕生日より前に事故でなくした。その後で兄さんが　姉さんが　私が生まれ、私は私の知らない兄さんがいたという事実を最近になって聞いた。母さんは寝る前に、そうだったんだよねえと寝言みたいに言ってから眠りについた。私はその男の子に兄さんの名前に似た名前を何個もつけてみた。母さんは特に悲しそうな声ではなかったが、悲しいことは悲しいままで残っているからそうなのだろう。悲しいことは消えず、私たちはその代わりに別のことが私たちに迫ってくるのを待ちながら、手を伸ばしてごはんを食べ、子供を産み、責任を果たそうとする。私の兄さんと姉さんもそうだったし、私は、自分のことはよくわからないと思いながら、またも押し寄せてくる明日　明日　明日と明日のことはもう考えないことにして数字を数えた。お湯から出て洗い場に座ると、隣の席のおばあさんがせっけんとシャンプーを貸してくれた。私は、銭湯のせっけんで洗ったためにもうごわごわになっている髪をまた洗い、おばあさんの背中をこすってあげた。おばあさんは市庁舎の前であずき粥（がゆ）を売っていると言っていた。明日まで店を休むので、余裕ができたから銭湯に来たと。おばあさんは体に冷水をかけてまたお湯に入っていった。こんどは市場でお粥を買おう。

ホ・ウンは部屋を二つ借りていて、まだ入っていない方のがホ・ウンの冬眠用の部屋だった。二人で何日か泊まったこの部屋を出たらホ・ウンは楽な寝巻きを着て、子供のために買ったキリンの人形を持って冬眠をしに行く。今、寝ている部屋には私とチャミが、チャミに何もわからせてやることはできなくても、毎日説明してやりながら一か月泊まることになる。私は毎朝八時に起きて隣室へ行き、ホ・ウンの体温と脈拍を測り、室内の温度と湿度を測る。加湿器の水も取り替える。

冬眠が普及しはじめたころに病院で試験に参加した被験者のほとんどは、特に困ったことはないと語った。睡眠状態だから何も記憶に残っておらず、長時間寝たときみたいに、またはよく眠れなかったときみたいに軽い頭痛がすると言った。けれども、半数近い人は記憶に残る夢を見たと語った。彼らはまるで、睡眠状態のときからこの夢については絶対話すと心に決めていたみたいに、はっきりと残っている夢の記憶を報告した。睡眠状態だったから記憶には何も残っていないと言った人たちにも、何らかの現象が現れることがあった。彼らは早ければ一か月後、または六か月とか一年後、もしくは何年か後に「作られた記憶」について話した。例えば、小さいときにウサギの飼育場のある学校に通っていて、そこでウサギを飼っていたと信じていたが、古い友達がそれは事実じゃないと教えてくれたケース。小さいころの経験を間違って覚えていたり、「作られた記憶」が子供時代のある記憶に追加されたケースが最も多かった。海外旅行を一度もしたことのない二十七歳の女性は——その女性は借金を返すために試験に参加した——試験の二年後に香港旅行をすることになったが、香港に到着するとたちまち、自分は絶対ここに来たことがあると確信し、知ってる場所を歩き回っているような気分になり、この路地を抜けたらこの店が現れ、その店の右には銅像がありという具合で、大学卒業以来一回も来られなかった場所に時間を作って立ち寄った元香港留学生、みたいな気持ちだったと語った。この女性のケースが最も目立つ報告だった。他の人たちはみんな、ウサギを飼っていたことがあると信じている程度か、もっと些細(ささい)なケースだった。「作られた記憶」を何と言ったらいいのか、医学的にはどうなのかしら。私にはそれが深刻な副作用のようには思えなかった。冬眠をしなくても、私たちにとってそういう瞬間は存在してきたし、それらは、顔はおぼろげだが鮮明な存在としてあるとき人々に近づいてくるからだ。デジャヴという言葉もあるのだし。とにかく彼らは脳波を調べる装置を頭につけ、腕や心臓にもいろいろな装置をつけて冬眠に入った。何度かのテストが行われ、以後、冬眠は主に身体的・精神的回復を必要とする人たちに普及していった。けれども同時にソウルの冬、韓国の冬はいっそう厳しくなっていったので、ほとんどの人たちは回復が必要になった。

銭湯から出てくると携帯にホ・ウンからの着信があった。
――私、またお風呂入ってた。
――えー、また？
――あ　えーとね、小さい銭湯が見えて、何だか入りたくなって。
――あの人、着いたって。一緒にごはん食べる？
――私はいいよ。二人で食べた方がいいんじゃない？
――ううん、一緒に会ってよ。私その方がいいんだ。

ホ・ウンは子供を流産した後、夫と別居生活に入った。理由は聞かなかったが、こっちから聞くより前に、単に忙しすぎて一人でいたくなっただけと教えてくれた。私とウンとウンの夫はホテルの中のレストランに行って焼き肉を食べた。無理に堅苦しい雰囲気になることもなかったのだろうけど、結婚式以来初めて会うウンの夫とはぎこちない感じになるしかなく、冬眠が悪いわけではなかったが、ウンが流産しなかったら冬眠もしなかっただろうと、みんなが無言のままにそう理解していた。三人とも黙っていて、食べたか食べなかったかわからないような感じだった。焼き肉を食べ終わって出てきて、ホテルのまわりをゆっくり歩いた。一年の終わり　最後の日　年末　というようなことはこの街とは関係ないみたいで、思ったより暗く、人通りの少ない市街地を三人は歩いていった。ウンの夫はチャミにおやつをやり、チャミと遊んでやって帰っていった。チャミはウンの夫がいちばん好きみたいだった。

私たちはシャンパンを飲む前にもう一度やるべきことを点検してみようと、ペンと手帳を持って隣の部屋に行った。バッテリー各種と乾電池をチェックし、病院からもらってきたチェックリストを完全に理解しているかどうか互いに確認し合い、万一に備えてチェックリストを携帯のカメラで撮影しておいた。持ってきたテープ式のクリーナーで床と寝具の埃を除去し、ソウルからわざわざ持ってきた空気清浄機と加湿器はベッドのそばに置いた。

――何か、ものすごくいい夢見そうだよね。

――歯科矯正マスターになるとか？

――矯正王とか。

――必要なこと、忘れないように、夢に注入してくれたらいいよね。一か月間の世界の歯科学界動向とかそんなのを頭の中に入れてってくれるの。
――ほんとに、矯正王になれそう。
――えー、っていうかまあ、そんなのじゃなくてまずは何か、気楽で、いいことで、でもよく知らないことを。

私は、ウンがキリンと散歩する夢を見たらいいのになと思った。そのときウンは背が伸びて、キリンよりちょっと低いぐらいになって、二人並んで人気(ひとけ)のない公園を散歩するのだ。ホ・ウンと私はもう一度やるべきことにざっと目を通してドアを閉め、最初から泊まっていた部屋に戻った。

世界各国の名所で人々はカウントダウンを叫んでいた。私とウンはベッド脇の、スタンドが置いてある狭いテーブルに着席してシャンパングラスを置き、心の中で一緒に数字を数え、三、二、一、わっ！　と小さく叫んだ。チャミは何の音を聞いたのか、さっきから急にベッドの下からテーブルの上へ、またベッドの間を横切ってドアの前に立ち止まり、それから素早く走ってベッドの下に走り込むことをくり返していた。新年だ。明日午前中からホ・ウンは冬眠を始める。トランクの中には、思い切って買ったけど読めなかった本が何冊も入っており、ノートパソコンを開けば、見るのを先延ばしにした映画やドラマシリーズが揃っている。けれどもなぜだかウンに、これから一か月退屈するかもしれないからこういうものを準備してきたという感じを与えたくなかったので、出さなかった。

——ホテルで何日か過ごすともう、別の場所で別の人になって暮らしてるみたい。

——おー、冬眠は取り消しますか？

——違いますよ、ただ、そんな感じってだけです。

——私もちょっとそう。環境が変わるとそうなるみたいね。

ウンの方へ手を伸ばし、髪の毛を軽く耳の後ろへ撫でつけてあげた。

——もしものときのためにレコーダーも買ったんだけど、さっき言おうとして忘れてた。これ、一週間過ぎたらコンピュータに内容を移しといてくれる？

——わかった。操作、難しくないよね？

ホ・ウンのレコーダーを受け取り、操作方法を試してみて、飲んでいる途中だったシャンパンを空け、歯を磨いて寝た。チャミは急に鳴きはじめた。あの子、夜、よく鳴くんだよ。ウンが暗い部屋の中でそう言った。

ウンは隣の部屋に用意されたベッドに移った。ダブルベッドだった。古いホテルなのでベッドのサイズが大きく、それが何となく安定感をもたらす。加湿器と空気清浄機を稼働させ、レコーダーをベッド脇のテーブルに置いた。冬眠日誌をテーブルの上に出して、書いた。

一月一日、一日め。
冬眠を開始した。

ウンが眠っている姿を見て部屋に戻り、歯を磨いて顔を洗った。昨夜は緊張してしょっちゅう目が覚めた。壁一枚隔ててホ・ウンは冬眠している。そのうち緊張が解けたのか、いつの間にか眠っていて、チャミが来て私の腰のあたりで寝ているのが夢うつつに感じられた。十二時過ぎに目が覚めて、チャミやー、と腕を下に伸ばしてみたけど何も手に触れない。チャミのふんとおしっこを掃除した。後でホ・ウンの車から猫砂とえさを持ってこなくちゃと思った。荷物を運ぶとき、分けておいたえさと砂だけ持ってきたのだが、もう一往復しないといけないんじゃないかな。ホ・ウンの車のキーをどこに置いたらいいだろう　テーブルの引き出しに入れようかと考えてから、毎日持つバッグの中に入れた。使いたければ使ってねと許可はもらったけど、運転するようなことがあるだろうかと思いながら車のキーを手で撫でてみた。ウンはもう眠っているだろうけれど、なぜか緊張してスリッパもはかずにそーっと隣の部屋に行き、ウンの状態を見た。日誌の最後に一行追加した。

12：15　良好。

トランクから『チボー家の人々』の第三巻を出してテーブルの上に置いた。すぐに読めてしまいそうだけど、意外と、一か月経っても全然読めないかもしれない。コーヒー豆とドリッパーとミルも取り出しておいた。荷作りするときこのドリップ用具を手に持ち、でも一度も淹れないかもしれないしなあ、毎日インスタントコーヒーを溶かして飲むかもだと思いながら入れたり、出したりして、結局入れたのだった。だけどそうやって考えていくと、持っていくものは下着とジャージと外出着一、二枚ぐらいしかない。あとは携帯と充電器とお財布ぐらい？　それでも何か生活をしている人っぽく見えないとなあ、と思ってテーブルの上に置いた本の横にマグカップを置き、コーヒー豆とドリッパーを冷蔵庫の上に移した。市場に行こうと思った。ここに来てからジャージとホテルに備えつけのガウンしか着てないよねと思いながらまたジャージを着た。しばらく歩き回ってわかったが、一月一日に開いてるお店はマクドナルドぐらいしかない。チキンのマックラップを食べ、コーヒーを飲みながら、明日は早く起きてマックのモーニングセットを食べようと思った。図書館も書店も当然休みで、おばあちゃんやおじいちゃんの家に行ってきたらしい伝統衣装を着た子供たちを眺めた。ほんのいっときだが、マクドナルドが大好きになった。さっさと休日の雰囲気から抜け出したかったが、うんざりするようなこともすぐに消えてしまうとわかっている。開いているお店がないなら、夕方にまたマクドナルドに来るしかないと思いながら、伝統衣装の子供たちが通っていくのを見た。

ホ・ウンは、七年前に冬眠したのは疲れたからだと言っていた。ホ・ウンは初めてカウンセリングを受けた病院の冬眠室に入院し、二週間冬眠した。ガイドは病院の担当看護師で、どこから見ても看護師にガイドを任せるのは適切な選択だろう。厳しく管理されるのは辛いけど、ともあれ冬眠ガイドは資格取得者にだけ許可された仕事だから、取っておけばいつかは役に立つだろうと思って私も勉強し、実習を受け、試験を受けて資格を取得した。そのころ前の職場の上司の移籍先が私に転職のオファーをしてきたので、しばらくの間、新しい環境に慣れるのに手一杯でガイドをやる暇はなかった。だけどそのうち周囲の人、つまり友達の友達とかが冬眠するときに私に連絡してきて、私の側でも何か月かで大きな額のお金を用意しなくてはならないことが何度かあり、するといつの間にか、会社に勤めながらアルバイトで冬眠ガイドをやるようになっていた。病院に行く経済的余裕がないとか病院が嫌いな人は普通、自宅か、安い宿泊施設で冬眠をする。どうせ眠っているなら同じじゃないかとも思うけど、大勢の人たちが自分の姿を見て、それが自分の知らない記録として残ることを考えたらやっぱり怖いだろうとも思う。ホ・ウンは、もしかしたら役に立つかもしれないと言って、この前の冬眠が終わった直後に書いた日記を私にくれた。そこにはやはり、「作られた記憶」に関することが書かれていた。

——これ、必ず読んだ方がいいってこと？

——ううん、まあ、どっちでもいいんだよ。

——ほんとに読んでもいいの？

——どうしたの？　怖がってるみたい。

——いや怖くはないけど。怖いことが書いてありそうで心配。

そんなことはないとウンは言った。だけど私は一方で、ホ・ウンが私に見せている面だけを見たいようなのだった。見せていないところを見ることになったときもあるしそれは仕方のないことだけど、友達の本音や、一人で思い悩んでいることまで知りたくはない。重たいからでもあるけど、日記を読んだからホ・ウンのことがもっとよくわかるとは思っていないからだ。でも、それが知らない人のなら私は当然のようにそれを読み、もしも何か準備すべきならするだろう。だったら私は当然、この日記を読むべきだ。『チボー家の人々』第三巻の横にホ・ウンの日記帳を置いた。A5サイズのオレンジ色のロディアのノートだった。

朝八時に起きて、ホ・ウンの状態を見て日誌を書き、加湿器の水を取り替えた。市場で思い切って買った、いい形で葉っぱのついた漢挐峰（ハルラボン）［済州島特産のオレンジ］をテーブルに載せた。何日かしたら持っていって食べるだろうが、しばらくはきれいなままで置いておきたかった。ホ・ウンの状態は良好だった。

ロディアのノートを開いてホ・ウンの七年前の日記を読んだ。半分以上は七年前の冬眠終了直後に書いたものだったが、三、四か月してから旅行先で書いたものもいくつかあり、短いけれど最近まで続いていた。私が知っているウンは日記を書く人ではなかったが、冬眠関連の記録だけここにまとめてあるらしい。ウンは、主なスケジュールは病院のプログラムに整理し、個人的なスケジュールは簡単に携帯のカレンダーに表示するだけで、それ以外には特に記録をつけてはいなかった。

薬と注射を前もって投与していたため、筋肉と水分の損失は思ったより少なかった。

＋病院記録添付（copy）

冬眠の直前にお姉ちゃんと大げんかした。お姉ちゃんとの間には、互いに解けない、ほぐしきれないわだかまりがあったのだけど、冬眠の後、お姉ちゃんへの憎しみは消えた。正確に言うなら血縁のようには感じなくなった。好きになったのではなく、映画の中の人みたいに、その人の性格と過去が総合的に理解できるようになったと同時に、その人への感情レベルが目に見えて下がった。これは感情が消えた状態と言えるのだろうか？　つまり、憎しみという感情が消えて、何らかの理性的な判断能力が生まれたのだろうか？　または私の人格のある部分が変化したのだろうか？

不安になってきて、知能検査を受けなくてはと思った。新しく出た歯学関連の論文を読んでみたらよく理解できた。難しいところや再確認すべき箇所もあったが、それは前と同じだ。余計な疑いは持たないことにした。

どうやって時間をつぶそうか悩んで、ランニングも始めた。十キロの距離を、運がよければ六十分を切るぐらいで走れた。初めは走るのがしんどかったが、三キロ走ってみて、少しずつ距離を伸ばしていくことができた。走ったら疲れてすぐに眠れそうなものだけど、かえって細胞が生き生きと蘇る感じで目が覚めてしまい、精神も冴えわたっていた。だからできるだけ昼間の時間に走ることにした。なぜかうまくいかなくて、夕方に走ることが多かったけど。チャミは夜になると悲しい声で鳴いた。ミェー、ミェーと鳴くチャミと釣り竿のおもちゃで遊んでやり、おやつもやった。すると静かになったが、電気を消して寝ようとすると必ず何分間か鳴く。ひょっとするとその後も鳴いていたのかもしれない。私が眠っている間に。チャミはホ・ウンに会いたいのかな？　チャミは子供のときに離れ離れになったお母さんやきょうだいたちを覚えているだろうか？　別れた家族たちの見分けがつくのかな　会いたいのかな。ときどき夢うつつの状態で、私の隣にチャミが寝ているのを感じることがあった。チャミや、悲しまないで　と心の中でそう思った。チャミを抱いて背中に鼻を埋（うず）めると、ピーナツみたいな香ばしい匂いがした。一定のリズムで鼻を鳴らしながら寝ているチャミの背中に鼻をくっつけ、香ばしい匂いをかいだ。眠くなりそうな匂いだった。

いつ以来だろう。久しぶりに先生から連絡が来た。先生が急に温陽に来るそうだ。先生を何と呼ぶべきかな。私たちはいつもお互いあいまいに、いろんな呼称で適当に呼び合っていた。先生は今もときどき大学で講義をしながら翻訳をしていて、私はずっと会社で働いてきて、今はぶらぶらしており、ガイドの仕事が終わったら一か月ぐらい静かに旅行に行って過ごしたかった。それがメッセージでやりとりした私たちの近況だった。先生に会ったのは学術団体で定期的に開いているセミナーでだった。先生はそのセミナーを指導していて、家に帰る方向が同じだったことから親しくなった。共通の知人もいて、最初は三人でビールを飲んだ。けれどもいつの間にか二人で連絡を取り合うことの方が増えた。といって頻繁に連絡を取り合うわけでもなく、そのぐらいが楽だったのだと思う。私たちは温陽で会って市場に向かって歩いた。

――どうしたんですか？

――うん。大田（テジョン）で仕事があって。これから三か月くらい、行ったり来たりしないといけないみたい。

――仕事は終わったんですか？

――うん。来週、行けばいいんです。

温陽に来て一週間ぐらい経っただろうか、せいぜいその程度なのに、大田という地名を聞くとすごい都会みたいに感じられる。大田ぐらいなら軽い気分でさっと行ってこられそうなのに。

――ＫＴＸに乗れば三十分くらいしかかかりませんよ。三十分もかからないと思うけど？

まるで私の気持ちを知っていたみたいな返事だった。私たちは市場に行ってカルグクス［細めの手打ちうどんのような麺類］を食べ、市場の中にある小さい古本屋で本を見た。先生は私に、絶版になった安部公房の小説を買ってくれた。大田から温陽まで汽車に乗ってきた先生は、今度はソウルまで地下鉄で行くという。変わった移動方法だなあ。地下鉄の中で本を読むと言っていたけど、その路線には、高齢者向けの無料パスで地下鉄に乗り、温陽との間を往復するおじいさんが大勢いるそうだ。駅の近くでコーヒーを飲みながら、最近翻訳している本の話を聞いた。そして先生が、私の服についた猫の毛を取ってくれた。


——仕事は辛くないですか？

——今のところは大丈夫です。

——どんな気持ちなのかなあ？

——私？　それとも友達？

——二人とも。

——それは、私もですけど、まあ、みんな同じじゃないかな。やる人は何度もやったりするし、実際に何度もやる人も大勢いるけど、やらない人は最初から考えもしないようなことでしょう？　考えもしないっていうより、少しは関心があるとしても、心のどこかで絶対にできないことだと思ってる人たちも多いですし。

——私もそうだな。

——だけど、よくわかんないですね。こんなに身近な人がやるのは初めてだから。仕事が終わったら旅行に行くので、そのときゆっくり考えてみようと思って。

先生を見送るときなぜかホ・ウンの日記のことが思い出された。そこにこんな言葉があった。考えようによっては科学者らしい言葉だったが、私はいつも初めてのことに関心があり、それを正確に受け止めたい　冬眠をやらない理由はなかった　みたいな言葉だった。

ホ・ウンの状態をチェックして加湿器の水を取り替え、テーブルに置いたハルラボンを持って部屋に戻った。チャミのトイレを掃除して、水も新しいのに替えてやった。ハルラボンをむいて食べ、窓を開けて部屋の換気をした。久しぶりに外出着に着替え、ＫＴＸに乗って大田に行った。大田駅に降りて眺めた風景は意外に温陽と変わらなかった。もうちょっと大きくて、もうちょっとものが多かったけど、思ったより親しみの持てる旧市街の眺めで、もしかして大学のそばに行ったら感じが違うかもと思いながらカルグクス屋に行ってカルグクスを食べた。路地に入るたびにカルグクス屋、それもいろいろ種類の違うカルグクス屋があって物珍しかった。私はこの前先生が教えてくれたエゴマ汁のカルグクスを出す古い店に行ってカルグクスを食べ、近くを散歩してコーヒーを飲み、パンを買って温陽に帰ってきた。三時間もかからない短い外出だった。でも帰ってくるころには何となく心が不安になり、気が急いてきて、部屋に戻ってやっと安心できた。チャミがいきなり頭を私の脚にすりつけ、しっぽを脚に巻きつけながら通っていった。チャミにおやつをやって撫でてやった。そういえばもう私に怒ってはいないみたいだな。

——何してたの？

チャミからの返事はなく、あってもわかるはずはなかったが、私はいつもそれが知りたかった。

「作られた記憶」に関する論文を読んだ。動物学者が書いたものだったが、彼が立てた仮説は、地域によっては動物のみならず人間も冬眠をしただろうというものだ。時期を正確に推定することは難しいが（ここで信頼性が落ちる）、寒い地域を中心に冬眠が広範囲に広がっていたという仮説を展開していた。これは、クマ、カエルなど特定の動物だけが冬眠をするという常識に近い事実とは全く異なっている。続いて彼は、私たちが自然だと思っている感覚、動物的なものと人間的なものの区別にも疑問を投げかけていた。もちろんそれは必要な問題提起だが、やや流れが唐突だった。冬眠後に現れる「作られた記憶」については、特殊な現象というよりは夢の一種と見るのが妥当との意見だった。睡眠時間が長くなるのに伴って発生した、別の種類の夢だというのだ。もちろん、さらに繊細な観察と研究が必要だというコメントがついてはいたが。問題設定としては興味深い論文だが、裏づけとなる根拠が足りないし、理論構成も整っていなかった。にもかかわらず新鮮な文章で、なぜか私を安心させてくれた。私は冬眠を経験する前から関連資料を読んできたし、それらを通して冬眠は安全であるという私なりの判断を下すに至った。同時に、私の予想の範囲を越える副作用があったとしても、ある程度は受け入れなくてはならないと心を決めていた。従って私は冬眠を否定的に見ているわけではないのだが、とはいえ、心の奥底には、これは自然の流れを逸脱することだし、私は無理をしているのかもしれないという不安があったようだ。著者の意見のようにこれが遠い昔の人類に見られた行動パターンであるなら、もちろんその人類と私には大きな違いがあるだろうが、少しはほっとした。完全にほっとするには不十分な記事だったが、読んでいるとだんだん心が楽になったことも事実だ。

けれども「作られた記憶」に関する意見では考えが異なる。おそらく、私が実際に冬眠を経験していなかったら著者の考えに賛成したかもしれない。人間は自然に記憶を歪曲・変形させるし、それは全然特殊なことではないからだ。けれども実際に経験した「作られた記憶」は、はるかに現実的で具体的だった。そして、確信するには至らないが、その記憶のあり方もまた個々人で違うだろうという推測も可能だった。とりあえず、私が経験した「作られた記憶」はディズニーランドに関するもので、先に報告された、香港の地理を正確に記憶していた女性のケースと似ていたが、若干違う。私もまた、行ったこともないディズニーランドの地理や中の施設、入場や搭乗の手順を正確に思い出すことができたが、それが「作られた記憶」であることを認識していた。主な事実は正確だったが、その事実を構成する情緒そのものは夢に似ていた。幻想的でおぼろげで、ディズニーの広告を見ているみたいな感じだった。これは私が実際に経験したことだという気はしなかったが、だからといってぼやけてもいない。すごく正確に再現することができた。同時に、幻想的で童話的な映像がしょっちゅうはっきりと見え、思い浮かんだ。その映像はとても鮮明だったので、私は私が見たものをここに書いておく。

ホ・ウンが見ることになった「作られた記憶」そのものはとても童話的で夢みたいだった。それを記録するホ・ウンの視線自体は冷静さを保とうとするものだったけれど。当然の疑問だが、冬眠している間、私たちの時間はどこへ行くんでしょうか　私は自分が投げかけた突然の問いをちゃんと理解するために、黙って何度もこの問いを反芻した。寝ている間の時間は、昨日の疲れと明日の日常のためにあると理解すればいいのかな。冬眠もすごく違いはしないだろうけど、長時間の睡眠はそれだけの空白の存在を否応なく伝えてくるよね。ウンの日記は最近のものほど、彼が見た童話の世界と死んだ子供の話を結びつけていた。そしてそのつど、「ここに何らかの根拠があるわけではない」と書き添えていた。ホ・ウンは、自分に浸透してきたたくさんの記憶と流産した子供とがどこかで出会うだろうし、そこには細いつながりがあるはずだという気持ちを何度も書いていた。彼らはどこかで出会ったのだろうし、違うところでまた出会っていて、今後も出会うだろうという思いだ。今回の冬眠でどんなことを経験しようとしているのか、自分の信じるその関係に何らかのものを見ようとしているのか、または、ウンはただ疲れているだけかもしれない。時間というものがどこへ行くのか、それは後で考えてみることとして、まずは今というかたまりを乗り越えようと決意しなければならないほど疲れているのだ。前に私たちが会ったとき、ホ・ウンは子供を産んで育てるサイクルを経験してみたいと言っていた。私はそれがどんなものかこの先も理解できそうにないけど、ホ・ウンはホ・ウンの冬眠を経験し、私は温陽で流れる時間を冷たい水に手を入れるときのように生き生きと感じ、受け入れている。どんな記憶が私たちに吸収されても、私もまたそれを受け入れるだろう。変な話かもしれないが、ホ・ウンの日記を読めば読むほど、読んでおいてよかったと思った。温陽に来た初日みたいに辛い気持ちになる日はなかった。私は大田で買ってきたパンとコンビニで買ってきた牛乳を食べ、飲んだ。コンピュータに移しておいたレコーダーのファイルを聞いてみようかと思ったが、やめておいた。

延ばし延ばしにしていた『チボー家の人々』第三巻を読み、ガイドの仕事が終わったら沖縄に行こうと決めた。三月になればどこもすごく寒くはないだろうが、私は夏に近いところに行きたくなった。私は沖縄に行ってウンの日記をもう一度読み返したかった。ウンの時間はまた別のやり方で近づいてきて、理解されるだろう。そして私は、冬眠が終わったら書くことになる日記もいつか読ませてほしいと言うだろう。いや、直接話してもいいのだし、私はその話を静かに聞く。あなたが沖縄に来てもいいんだしね。そして私は海の音が聞こえるベッドで目を覚まし、湿気を含んだ温度の高さを感じ、ときには雨風で目を覚ますだろう。あなたが出会ったことを話してよ。そのとき私は消えるのが怖くなくなったと思うだろうし、私はそのことを話すんだ　夏に向かって　夢のまにまに。

水泳する人

冬眠を終えたホ・ウンと一緒に釜山(プサン)に行った。来月から釜山で働くことになったので部屋を探さなきゃと言ったら、一緒に行こうとウンが言ったので。ウンにその話をしたのは釜山で働く決心をした後だったが、本当に釜山に行くことになるのか？　そこで暮らすことになるのか？　と、口で言うのとは違って心はまだためらっていた。これでいいのか？こんなふうに決定してもいいのか？　それはよくわからないのだが、とにかく働くことにはしたのだから引っ越しもしなくてはならないし、それなら部屋を探さなくちゃならない。こういう理由で釜山に行くのは初めてのことで、ほとんどは旅行か映画祭のためだったし、仕事で行ったこともあったけど、そのときは会社が用意した宿があった。ともあれ部屋探しの問題が大きすぎるせいか、やたらとよけいなことばかり考えるようになった。あのあたりにおいしい食べもの屋さんや良い市場があったっけとか、釜山駅までどうやって行ったっけ　コーヒーはどこで飲めば　みたいなことばっかり考えては、だめだだめだ部屋を探さなくちゃとまた振り出しに戻る。

冬眠を終えると、ホ・ウンはただちに歯科医院に戻った。冬眠を終えた次の次の日から、職場である歯科医院に出勤しはじめたのだ。冬眠は現代人が取りうる最大限の休息に近いものという感じがするけれど、別の見方をすれば長い海外旅行みたいにも思える。何ていうか、西ヨーロッパ一周三週間とか、サンチャゴ・デ・コンポステラ巡礼体験とか、ホノルルマラソン参加、南米旅行、みたいな。時差というものもあるのに、きのう空港に着いて今日すぐに出勤したんですか？　と言いたくなるような。冬眠の最後の日、ホ・ウンは機械のように、決められた時間に起きた。

――起きた。

――だいじょぶ？

――だいじょぶ。

――すごく長く眠ってたみたいだけど、何だか、十五時間ぐらい寝て起きたみたいな感じだね。

ウンは、夢を見てたみたいでもあるし、何か思い出せそうな気もするしと何度かつぶやき、ぬるいお湯を何度にも分けて飲んだ。その後は決められた通りに、重湯(おもゆ)に近いお粥(かゆ)を食べ、落ちた筋肉が早く戻るよう脚に補助器具をつけて起き上がり、部屋の中を歩いた。決められたいくつかの検査を受けた後、服を着替えてホテルを出た。その間にいつしか時間が過ぎ、旧正月が近づいていた。私たちは冬眠のためにわざわざ借りた温陽(オニャン)の古いホテルの周辺を歩いた。人間はどこかへ移送されると、移送されてきた人であることにすぐさま順応してしまうものらしい。ホ・ウンは一日じゅうだるそうな表情でゆっくり歩いていたが、ソウルに到着するや否や、もうここに帰って来ちゃったから、来ちゃった人というものになりました、という顔をしてやるべきことを手早くかたづけはじめた。だから、二晩寝てすぐ出勤することもちゃんとできたのだ。私は残ったものについて考えた。私たちが知っている、残されたものたちは、いつ私たちを訪ねて来るだろう？　でも、それを見たり、それを見ようと心を決めて椅子(いす)に座っていたりすれば大丈夫だろう。椅子に座って見るべきものを見ていれば　逃げずにいれば。逃げちゃいけない。

　釜山(プサン)に行くことは心配だったが、一方では、すべて何とかなるだろうとも思えた。どこに行っても何となくぎこちない感じを振り払うことはできなそうだし。プールに一年通っても、衆人環視の中で服を着替えたりシャワーを浴びることにはなじめなかったのだ。受付があり、所定のことをやって、何かを返却し、またチェックして、という決められた手続きというものがときどき、変に思える。やってもやっても難しく感じられることが、簡単にできるふりはしていたけれどたくさんあった。だけど人が見たら、何とかうまくやってるように見えるのだろうから、そんなふうに苦手意識を持つのはやめようと思った。やるべきことをやり終え、ドアを閉めて歩いていけば、歩くことに集中できるだろう。

ホ・ウンの冬眠ガイドをやったのは一か月程度だった。ガイドとは、冬眠する人に付き添い、急激な変化が起きるのに備えて、当初の計画通りに冬眠が進行しているかどうか確認する仕事だ。最も推奨(すいしょう)されているのは病院での冬眠だが、いちばん安全だからといってその方法を選ぶ気にならないこともあるだろうな、それじゃ入院と何が違うんですかって。みんな、自分は冬眠がしたいのであって、病院にいたいわけではないと思うだろう。それでガイドを雇う人が現れ、そうなるとガイドの資格認定試験ができ、当然そのための予備校もできた。だが相変わらず、ガイドの大多数は退職した看護師たちだった。私は資格を取った後も会社に通っていたので、経験は豊富ではなかった。何より、私には冬眠は個人的な領域に属するものと思えたため、個人的な領域に責任を負わなくてはならない仕事はやりがいがあるのかもという気持ちと、荷が重くて嫌だという気持ちとがあり、その間で行ったり来たりして、そのときどきの事情で決めていた。お金が必要なときや、非正規で働いていて契約が延長されなかったときにはたくさん引き受けたけど、多くの場合、知り合いからの依頼以外は断ってきた。話を聞いてみると、多数のガイドたちが私と似た方法で仕事をしていた。長時間、全面的にこの仕事だけでやっていくということについてはみんな何というか、そうだね、安定した仕事として受け入れるにはちょっとね、という気持ちになるのだ。だけど完全に安定した仕事なんてものを夢見るわけにもいかなくて、それでガイドの仕事を続けることになるのだろうか。

特別な事情や過去がなくても、多くの人はただ疲れて冬眠をするのだろうけれど、人の寝ているときの顔は変で、悲しい。その顔を長いこと見ていると、なぜだかこの人のすべてを見抜いてしまいそうな気持ちになる。私は、目の前の人を完全に理解してしまったと思うようなことをしょっちゅう経験するのは嫌だった。時間は奇妙な感覚で伸びもすれば縮みもし、時計やテレビやカレンダーを見て通常の感覚を保つ努力をしたけれど、八分が三十三分ぐらいに伸びた感じ、三時間が四十五分ぐらいに思える感じをどう扱うべきかというようなことはまだ難しく、この問題は解決不能だということがわかった。ホ・ウンのときは……ウンのガイドをしているあいだ、決められたことは無理なくやってのけたけど、なぜかウンの顔を見ることは避けがちだった。避ける理由はないのにと思いながらときどきウンの顔を見ていると、私たち、すごく遠くまで来たなあという感じ。どうにか年をとり、何かを引き受け、どうにもできないことをやると仮定し、やったと信じて、ときには何かが決定されることもあって、そうやって生きていくんだよね？　カジュアルすぎもしないが、といって特にフォーマルでもない適度にきちんとした身なりで出勤し、白衣を羽織ったウンの姿は、寝顔からはあまり想像がつかなかった。ウンは六歳から子役として活動していた。十歳のときに新人監督の映画にキャスティングされて主役を務めた。その映画で海外の映画祭の俳優賞も最年少で受賞した。私はその映画が好きだったし、ときどき思い出してその映画のタイトルを英語で検索してみると、Huh-Eun is now で始まる文章がいくつも見つかる。ホ・ウンはこの映画を最後にもう演技をしていない、という内容の文章を見ながら、こんな文章を見た人たちはウンの未来をどのように思い描いてるのだろうと思う。ホ・ウンは何も隠さず自分の仕事をしているのに、何だか、隠れている人、または永遠に消えてしまった人みたいに見えているらしいのだ。寝ているウンの顔、もう演技をしない元子役の顔は無防備でもしっかりしてもいなくて、ほんとのところ、私に理解できたと感じたのは単純で強力なものたちなのだと思った。寝ている人を見て、あなたは寝ている、あなたは寝ているねと思うときのような。

本当に消えたような気がするのはむしろその映画を撮った監督の方なのだけど、デビュー作以後あと二本ぐらい映画を撮ってカナダに移住したと伝えられている。現在、彼の行方は家族以外は誰も知らないそうだ。ときどきシネマテークで上映しているのを見れば、著作権管理をする人がいることはいるらしくて、何年かに一度はこの監督を扱った記事が出ることはあるが、連絡がついたようではなかった。だが、この人にしたって消えたわけじゃなくて、元気に暮らしているのだろう。韓国映画界から消えたからってそれがそんなに大変なことだろうか？　それに、かつて撮影し、発表された映画があるのに、消えたなんて言えるのかと思う。ウンと一緒に先生の授業を聴いたとき、先生はウンの顔をしばらく見ていて、授業が終わった後で、ホ・ウンってあのホ・ウンか？　と言い、ウンは、そのホ・ウンですよ　と答えて大笑いした。学期の終わりに用心深く、もしかしてあの監督の連絡先を知ってるかと聞いたこともあった。ウンは、知りませんよ　まさかと答えた。もしも私たちがカナダに旅行に行ったり語学留学したりしたら、コーヒーを飲んだりドーナツを食べたり、ときどきスシを食べに行ったりして、ここのオーナーが韓国人なんだってとか、または、友達のお父さんが頑張ってカナダの公務員試験に合格したんだって、それはいいなあ、カナダで公務員として働くなんていいね、などと話すだろうけど、そんなときに顔を合わせたら、二十年経った顔はどんなに変わっているだろう。もしかしたら思ったほど変わってなくて、十分見分けがつくかもしれないが。

ホ・ウンの冬眠が終わったら私は沖縄に行くことに決めていたが、これからやることを考えてみると、自分のやることと自分自身とをちょっと切り離して見ることができた。おそらくガイドを定期的にやっている人には、そういうことについてそれなりの要領があるのだろう。ほかのすべての仕事と同じようにだ。資格証をもらうためには決められた時間の実習をこなさなければならないが、そのとき会ったガイドの人は、タイムスケジュールを分単位に分けておくと言っていた。冬眠者の状態をチェックするためではなく、その合間合間に自分をいたわるためだ。または編み物をすると言っていた。私も初めは編み物を試してみたが、何しろ人には得手不得手というものがあるわけなので、編み物はすぐにやめることになってしまった。編み物の本を買うとき一緒に買った折り紙の本は今でもときどき開いてみるけど。そのとき一緒に実習をした友達は舞台俳優だったが、その人は台本読みとスクワットを交互にやっていると言っていた。私はそのときどきであいまいに、やることをやってはやめ、またやって、というふうだったが、あの演劇俳優の友達の、ときには鳴りわたるくらい声が大きかったことを思い出す。暗い夜、明るい朝、静かな室内でスクワットをやる人。

釜山(プサン)で安いビジネスホテルを予約すると何度も言っていたのに、結局、誰の意思だったのか、どういう流れだったのかよくわからないが、私たちはホ・ウンの元夫のマンションに行くことになった。そこにホ・ウンの元夫が住んでいるわけではなく、彼が譲り受けた建物の一つだった。

――お金持ちだってことは知ってたけど、ほんとにお金持ちなんだね。

――でも離婚したし。

――止(と)めてあげた方がよかったかな。

――何言ってんの。

私たちがどんなところに泊まることになるのか正確にわかったのは釜山に行く二日前だったが、釜山駅から歩いて行けるメゾネットタイプのマンションだという説明を聞いて、いっそ私に貸してよと言おうかと思ったが、いや、ものすごく高いのだろうし、高くなかったとしてもめんどくさいだろう、高くないわけがないんだしと思い、ほんとにもうそろそろ部屋探しをしないといけないと思い、部屋探しというたいへんな仕事についてまた考えた。ともあれ、離婚した友達の元夫のマンションを旅行で使うことについて言いうるジョークを言い、列車のチケットを予約した。ホ・ウンは先に行っていると言うので、私たちは釜山駅で落ち合うことにした。駅で会った私たちは、それでもこれぐらいはしなくちゃねという気分で釜山名物のテジクッパを食べ、停めておいた車に乗ってマンションに向かった。海が見えた。釜山にはよく来るけど、海はいつも新鮮だった。

——変な話かもしれないんだけどさ。

——何が？

——そのマンション、すごい広くてね。

——それが変な話なの？

ホ・ウンは、そんなに変な話じゃないけどと言いながら運転していた。私はホ・ウンの猫のチャミのことを尋ねた。ホ・ウンは、近所に住んでいる友達が通ってきて猫の世話をしてくれることになったと言う。ホ・ウンが冬眠をしている間、私はホ・ウンの猫と一緒に隣の部屋で暮らしていた。何か月かぶりに私に会ったら、チャミは私がわかるかな？

犬たち猫たち、それかごく幼い子供たちは、何か月かぶりで会う人を覚えているものだろうか　いや、覚えてなくてもまた仲良くなればいいんだよね。左手に旅客ターミナルの看板が見えた。道を歩いている人はおらず、大きな建物だけが建ち並ぶ場所だった。

トランクを持って、けっこう大きく見える建物に入っていった。ウンは慣れた手つきで番号キーを押し、エレベーターに乗った。マンションは思った通り広かったが、ウンは、自分は上にするから下のフロアを自由に使ってねと言う。トランクを横にして、すぐに使うルームウェアと化粧品を取り出し、ソファーに寝た。ここ天井が広い、と言ってみたけど上にいるウンから返事はない。本当にあと何日かしたら不動産屋を回って、よさそうな契約をして釜山で暮らすことになるのかな。他人ごとみたいで、ちょっと過剰に広い感じがするこの家は、あるべきものは全部あるけど、人が住んでる感じがほとんどしないなと思い、いつの間にか降りてきたホ・ウンは新しく買ってきたのか、電気ポットを箱から出して洗い、お湯を沸かした。

——左にも部屋が一つあるんだけどね？

ホ・ウンは私の後ろの方を指差し、足でスリッパを滑らせてよこした。ホ・ウンがくれたスリッパをはいてドアを開け、入っていくと、この家の構造はどうなってるんだろ？という疑問を抱かせる、幅が狭くて細長い形の部屋が見えた。その部屋には簡易デスクのついた椅子が並べてあった。いったい何の用途で？　いぶかしいと同時にちょっと面白くて、いちばん前の列の椅子に座ってみた。両手にコーヒーを持ったウンは、私の椅子についたデスクの上にコーヒーを置いて出ていった。コーヒーを飲みながらも、なぜか眠くなる部屋だと思い、釜山までの移動で疲れたのか、こっくりしたり起きたりをくり返し、これじゃだめだなと思ってやっと立ち上がり、部屋を出た。

——どうしても何か、やらなきゃいけないってわけでもないよね？

——何を？

——私は家を見つけること以外は何も考えてないけど。

——あなた、眠そうだね。まあ、刺身（さしみ）ぐらいは食べようか？

私は笑いながらソファーの上のクッションに頭を埋めた。ちょっとだけ寝るね。マンションの中を調べていたホ・ウンは、ここにはほとんど何でもあるよと言って、毛布を出してきてくれた。ボリュームを下げたテレビの小さい音が聞こえ、あれは料理番組なのかなとふっと思い、顔の上に窓から入ってくる日差しを感じた。まだ春だけど、夏は来るだろう。子供たちが春の遠足に行くようなお天気だと思い、まな板を叩いている包丁の音を聞いてるうちに夢になり、一人の男が私に向かって言う、あなたが座っているのは金海(キメ)発羽田行きANAの機内です。あなたが眠かったのはあなたがANAの機内にいたためです。

——私は飛行機に乗ったら絶対、本を読むんですけど?

——百回乗ってみたら考えが変わるんじゃないですか? 空気が稀薄(きはく)だからみんな眠くなりますよ。

私は金海発羽田行きとして綿密に構成された空気、温度、湿度の中で、DUTY FREEという文字が金色に箔押(はくお)しされたパンフレットを見た。欲しい香水の説明を五回ぐらいくり返して読んだ。ベルガモットとシトラスが加味(かみ)されたこの香りは、進取の気性に富む都会の女性のための……ボトルはその人との会話からインスピレーションを受けてデザインされたもので……隣の席の人はローワン・アトキンソンの『ミスター・ビーン』シリーズを見ており、『ミスター・ビーン』シリーズって何だか、前世みたいだ。私は銀行に勤める会社員で、銀行の仕事が終わると浴槽に体を浸し、出てきたらゆずの香りがするボディーローションを塗っています。緊張をやわらげたいときは、『ミスター・ビーン』シリーズを見るんですよ。ところで今年が何年かと言いますとね。うちの銀行が創業三十七周年になる年ですから……私たちは徹底した研究によって一定の空間を作り出すことができます。微妙な条件を調整して作り出した金海発羽田行きＡＮＡの機内においで下さいましたことを歓迎します。仁川発成田行きアシアナ便の機内とここの違いは……違いは！　違いは？　違いは何でしょう？？？？？　男は優しく笑いながらもったいぶってみせた。さて、何でしょうね？　何なんですか？　と私は尋ね、男は相変わらず笑いを浮かべた顔で黙っていた。

――まだ夕ごはんの時間でもないのに。もっと寝てていいよ。

テレビの中では料理が完成し、出演者たちが試食をしている。金海発羽田行きを検索してみたが、金海空港発羽田行きのＡＮＡ便はない。成田行きだけがある。だけど、あるといわれればありそうで、ないわけがなさそうな気もする。金海発羽田行きは、存在しないとはいえない不定期に現れる現実のようだった。去年三月には実在していて、今年十一月に二週間だけ存在する空間みたいに思われた。
——出かけるのやめようか?
——めんどくさくなった? あなたも寝ればよかったのに。

ホ・ウンは答えずに笑うだけだ。出かけようよ、いや、やめとく? と言い、私が寝ていた場所に横になっているホ・ウンを見て立ち上がり、またお湯を沸かしてコーヒーを淹れ、分けて飲み、私たちは服を着替えて出かけた。

チャガルチ市場〔釜山にある韓国最大の海産物市場〕は混雑していそうだから、もっと小規模な刺身屋街に行った。前にここに来たことがあったなというカンに頼ってエレベーターに乗り、四十三号、三十八号、四十五号の間をかき分けて、似たりよったりの店名の中から、何年か前に会ったおばさんおじさんの顔を思い出そうとして頑張り、あの人みたいだけどなあ、だと思うけどなあと思っていると目が合った店主が手招きをして呼んだのでそこへ入って座った。考えてみると冬も過ぎたのに刺身を食べるのはちょっと何だなあとも思ったが、すぐに出てきたにんじんとピーナツを食べ、今いちばん旬のを下さいと注文し、続けて出てきた小さいつまみのことはあまり気にとめず、刺身が出てくると二人は黙って静かに刺身を食べ、ちり鍋を食べ、おいしいという言葉だけを静かに発し、しばらく食べてビールとサイダーを飲んだ。

――あっという間に食べちゃったね。ほんとに、何も言わないでさ。

ウンがジョッキに残ったビール一口を飲み干しながらそう言った。この言葉をサインに、ウンは立ち上がって支払いをしに行った。ウンが食事代を払い、私は明日は私がおごるからねと言い、ドアの前でごちそうさまでしたーと頭を下げると、ウンがよしよしと大人っぽく挨拶を受けた。私はまたも一昨年だか、三年前だかに来たことがあるようなカンに頼って、南浦洞の路地のどこかにあった古いカフェを探し当てた。髪をきっちり刈ったやせた男は相変わらず生意気そうな表情でコーヒーを淹れていた。ホットのブレンドコーヒーとミルクティーを頼み、私たちはまるで、このくらい時間が経つとやっと実感が湧くねというように、わあー、私たち釜山に来たねー、突然来ちゃったねー、刺身も食べたし、釜山に来たんだねえと笑いながら言い合う。

——あなた、沖縄にも行くんだってね。

——行くよ。

——いつ？

——まだ決めてないけど、ちょっと落ち着いたらね。行くのはほんとに行くよ。

初めて沖縄に行ったのは十年以上前のことだが、そのときは直行便が稀だったので、福岡で乗り換えて行った。空港に降りるとすぐに重たい空気がぐっと迫ってくるのが感じられ、なぜか笑いがこみ上げてきた。本当に重くて温度の高い空気だったから。本で読んだことのある重くて熱い空気という説明を、お湯の中にちょっと手を入れてみて熱っと声が出てしまうような具合に実感したのだ。金海発羽田行きＡＮＡ便を出せるなら、那覇空港のブルーシール・アイスクリームの店も作れますか？　そうですねえ　ああいう外部条件に左右される形態のものは難しいのではないかと思いますね。台風に巻き込まれたり、長雨が続いたり、焼けつく太陽に照らされたりするのでね。私たちが研究しているのは数量化され、組織化された室内なのです。ところで那覇空港にブルーシール・アイスクリームの店がありますか？　ないわけがないと思える場所は本当に実在するものなのでしょうか？　私は夢で見た、よくコントロールされた男の笑顔を思い浮かべてみた。困難はない、困難はあったがちゃんと乗り越えたのだ、これから困難が迫ってきても自分はそれを手のひらに載せて自力でうまく処理していける、という自信の見える顔を私はからかってみたかった。嫌いではなかったけど。

店主は小さな鍋にミルクティーを沸かしており、先にできたコーヒーを私に出してくれた。ホ・ウンが明日、用事があるんだけど一緒に行かないかと私に尋ねた。

——誰に会いに行くの？

ウンが会う人は先生だった。そういえば先生が釜山に住んでると言っていたっけ。すごく前のことでもないが、しばらく忘れていた名前なので、懐かしくもあるがよそよそしい感じもする。先生は大学生のときに出会って二十年以上一緒に暮らした奥さんと離婚して弟子と再婚し、釜山で暮らしているという。先生は、学位を取るときに生計に責任を持ってくれた前夫人との間には子供がなかったが、今の夫人との間には、結婚してからできた子供がいる。ウンは、先生と具体的に会う約束をしたわけではなく、近所のカフェでコーヒーを飲むんだけど、時間があれば会いましょうということだそうだ。先生の奥さんはまだ二十代だそうだが、先生たちというものは本当にときどき、若い女性と子供を作ることがある。女性たちが先生たちに子供を産んであげるというわけでもないし、先生たちが女性たちと子供を作る上で何らかの働きを見せるというわけでもなく、世の中には先生たちがいて、女性たちは子供を産むことがあるということなのだろうけど、そんなことを考えてみるにつけても、私も子供を産みたいだろうか？　産みたかっただろうか？　それよりも私の欲望は、自分たちがいて女の人たちもいて、そこにどういう論理と関係があるのか知らないけど、若くて元気な女性に自分の子供を産んでほしいと思うのかな？　または若くておとなしい男性に子供を産んでほしいと望むのかな。ウンは、子供を流産して別居し、冬眠した。それぞれのことがらには関連があることもあるだろうし、ないこともあるだろう。ウンはがんがん働くワーカホリックで、開業したときから長く一緒に働いてきた職員が一身上の都合で辞めてしまったうえ、隣人と些細なことでもめて一年ぐらい裁判で争っており、それが解決した後で冬眠をした。これらのことたちもそれぞれに関連があったりなかったりするだろう。ウンは子供が欲しいと言っていた。もしかして、もう少し時間が経ったら女性の身体を通した妊娠というものは徐々に消えていくんじゃないか？　と、冬眠をする前にウンはそんな話をしていた。冬眠が可能になったように、妊娠というものも、身体を通さずにできるようになることがありうるよね。妊娠を経験した身体が旧型身体に分類されるってこともありそうだし。だけど私はそれを経験してみたいと思うの。受け入れられるものは受け入れてみたい。私たちは、でも、世の中のいろんなことが可能になった後でも妊娠は女性の身体を使って進行するのだろうということも話した。ウンは、何であれ望んだことはいったん経験してみるという選択をする人なのだ。それなら私は？　ああ、そんなことがあったね、ぐらいに思うだけの人間、だろうか？

　ウンはミルクティーがおいしいと言って二杯飲み、私もそのスピードに合わせてコーヒーをもう一杯飲み、二人ともカフェイン・ハイな状態で、世の中じゅうの仕事を全部やってのけられそうな感じで南浦洞（ナムポドン）から中央洞（チュンアンドン）へ、釜山駅へと歩き、向こうに海があるんだね、と冷たくしょっぱい風を浴びながら歩いた。あたたかい陽気だったが風は強く、だけどこれは寒いというのとは違うみたいだと思う。十分に寝たわけでもないのに、コーヒーをたくさん飲んだせいで目はばっちり開いていて、なぜだか眠れそうになかった。私たちは寒風を服にまといつかせて帰ってきた。

——あの部屋、何であんなに椅子がたくさんなの？

——ここ、もともと弟の家なんだって。

――じゃ、弟さんはどこに？
――近くに住んでて、ここはときどき使うらしい。
――ほんとにお金持ちなんだね。一つちょうだいって言ってみて。

　こういう冗談は冗談でしかないのに、なぜ、口の外へ出してみるといい気分になるのだろう？　完全に冗談だとわかっていても、ほんのちょっと、三秒ぐらい、誰かが私にこのマンションをあげると言ってくれるところを脳のどこかが想定するのだろう。言葉は怖くて、言葉は楽しい。脳はすばらしく、私は脳がほんとに好きだ。私たちは先生に会うことにした町の近くにジャージャー麺のおいしい店があることを検索し、ジャージャー麺の他に何、頼もうか？　と相談し、目は相変わらずばっちり開いていて、先生は釜山でも学生を教えてるらしくて、先生の講義を私はちょこっと思い出した。先生はあのとき、我々が学ぶことを望み、何ごとかを知ろうと望むならば、そのためにはもしかすると一方の腕を差し出すことになるかもしれないのだと言っていた。学ぶということは本当に、そういうことなのかもしれないのですと。私はその話を正真正銘の事実のように疑わずして受け取ったようだ。すごく良い本を読むたびに私はその言葉を思い出した。
　テレビをつけて私たちはアメリカの特殊捜査隊シリーズを見、あんな、永遠に続きそうな世界がいいなあと思いながら並んで座り、集中して犯人を追っていくとおなかがすいてきて、こういうところに来てるんだもんねという気持ちに何となくなって、チキンのデリバリーを頼んだ。夕ごはんなんかいつ食べたっけという勢いでピリ辛フライドチキンとつけあわせの大根のピクルスを食べたので、なぜだか、遅くなる前に眠れそうな気がした。シャワーを浴び、家から持ってきたバスソルトを入れて体をあたため、すると、ここはホリデイ・イン・クリーブランド・オハイオで、あなたはクリーブランド・ホプキンス国際空港に行くためにちょっとここに泊まっているんです。夕食にはウェンディーズでサラダとフレンチフライとバニラフロスティを食べて帰ってきて、シャワーも使わずにベッドでちょっと眠り、起きて浴槽に体を沈めているのです。バスソルトはひのきの香りのもので、なぜかHinokiと読まなくちゃならないみたいに思えた。明日は午前中に起きさえすればいいのだ、集中して部屋探しをしなくちゃと思ったが、たった一日でお休み気分に浸ってしまった気がする。実際に体を移動させたらすべてが変わるのかもしれなくて、そうだったら何日か後には不動産屋の前に自分を引っ張っていかなくてはならない。

　特別に床の工事をしたというマンションは思ったよりあたたかく、髪を乾かしながら、ホ・ウンの金持ちの元夫、金持ちの元義弟、金持ちのホ・ウンの元舅（しゅうと）、やはり金持ちなホ・ウンの元舅の父、のことを考えた。この家の持ち主である弟はほんとになんにもしていないそうだ。アメリカで美術史を専攻し、釜山で散歩をしているという。散歩は何のためにするんだって？　ときどき映像を撮るのよ、潜水艦とか遊覧船とか決められた室内を撮ってて、たまに映画祭で上映されることもあるみたい。まるで十何世紀だかのヨーロッパの画家の話を聞くみたいにうん、うんと私はそれを聞き、ほんとに他人ごとなのだけど、関係から言ったらそんなに遠くの話でもないだろうに、ものすごく遠くの話みたいに聞こえるからおかしい。私も、何回も会ってないんだ。もう顔もよく思い出せないよとウンが言う。

――それで椅子が多いのかな？

――ともかく、弟が持ってきたものらしいよ。

――不思議だね。

顔と体に塗るものを塗った私たちはまたアメリカ特殊捜査隊の物語に見入り、ホ・ウンはいつの間にか上のフロアに上って眠っており、私は二時を過ぎたのを見てテレビを消した。

無駄に早起きした二人は、ざっとシャワーを浴びて出てきて、マックのモーニングセットを食べた。ホットケーキと濃いコーヒーが私たちの前に置かれた。バターを塗ってメープルシロップをかけて甘くしたホットケーキを食べ、コーヒーを飲み、完全に眠気が覚めた。昼ごはんにはまだまだ時間があるよね、と私たちはゆっくり、通りという通りを全部歩き尽くすようにして宝水洞(ポスドン)へ向かって歩いた。市場を通り過ぎ、いろんな景色を見物していると十一時を回り、中国料理店に行ってジャージャー麵と酢豚と餃子を注文して食べた。

——先生に会ったら緊張するかな?

——会えないかもしれないんだから、気にしないで。

——でも、会いたいって気もする。

ウンは、だよね、私も何となく会ってみたくなって連絡したんだと言いながら酢豚を食べた。隣の席の男性は、週末なのに会社で仕事をなさったのだか、スーツにセンスのいい革靴をはいて、ジャージャー麵とちゃんぽんを注文し、目の前に器を二つ置いて、ゆっくり一口ずつ食べていた。こぼさないように姿勢をよくしてジャージャー麺とちゃんぽんをきれいに片づけていく姿を、私たちはじっと見た。十五分ぐらいで二つともきれいに平らげたようだった。それはまるですばらしい演技みたいに立派に見えた。私たちは、あの人すごくかっこいいねと目で語り合いながら、残りの料理はあの人みたいに優雅に、残さず、食べなくちゃと心に決めたが、おなかがいっぱいで焼き餃子は何個か残すしかなかった。

宝水洞で古本をちょっと見てから、待ち合わせ場所になるかもしれないカフェに行ってコーヒーを頼んだ。先生はちょっと前にここで市民対象の講義をしたらしく、関連の案内文がカフェの中に貼ってあった。

――君ら、今もべったりなんだな。

――いつもじゃないですよ。

先生は全然変わっていないと思ったが、先生も私たちを見るなり、君らあのころのまんまだなあ、どうしてだいと言い、私たち三人はほとんど同時に、先生も・君らも・いえいえいいえ・すごい・こんなに・変わらないなんてと言った。先生と、子供。この人に二歳だか三歳だかの男の子がいるということが何となくわかるようにも思った。明るい日差しがまだ窓ごしに入ってきており、先生は着てきたジャケットを脱いで椅子に置いた。私たちはいちばん最後に映画館で見た映画について話し、それぞれの業界の話をし、私は釜山で働くことになるかもしれないんですよと言った。無難な、楽しい会話だった。私たち三人はお互いを好んでいるし、先生からは多くのことを学んだけれど、何だかもう会う必要がない人みたいに私は感じる。なぜそんなふうに思ったのか考えていくと集中しづらくなってきたのでコーヒーをもう一杯頼んだ。別にそれほど悪いことを考えてるわけじゃないし、ばれてもいいやと思った。今考えていることの中に、ばれるはずがない、ばれたくない、隠したいと思うことなんて実は、ない。こういうやり方で自分に集中し、自分に没頭するということも、ある一時期のことみたいな気がする。先生は仕事があるのですぐ出なくてはならないと言って出ていき、食事をごちそうできなくてすまないと言い、長くいるようなら連絡しなさいとおっしゃった。

——私たち、何食べようか?

——歩きながらどっか見つけて入ろうよ。

——めんどくさかったら、トッポッキか何か買って食べよう。

毎日毎日顔を合わせながらも私たちは、何を食べるかが正確に時計で決められているみたいに食べるもののことを　これから食べるもののことを考えるようになっている。これから何回、一緒に食べることになるのだろう？　タコ炒めとイワシの包みごはんを一緒に食べようと一人で決めた。それ以外のことは、流れで決めればいい。タコ炒めとイワシの包みごはんは食べなくてもいい。それも流れで決めよう。今という午後の時間が、顔の上を通過していく日差しが、重さや体積が数字で決められて測定できるものであるかのように私の前に降り注いでいるようで、時間は流れていくものでなく、決められた場所に私とウンがおり、私たちは年を取りも死にもしないようにその瞬間には思えた。先生が服を忘れたと言って急にまた私たちに近づいてきて、それが合図だったように私とウンは立ち上がり、薄い膜のように私たちを包んでいた午後の日差しを通過して出ていく。ドアを開けてまたそのドアを閉め、通りに出ると、私は永遠に歩いていけそうな気持ちになり、手を振って私たちは目の前に広がる道を歩き出した。永遠に歩いていったら動物になりそうで、動物になるならチーターになるのだ、そうやってビルの間を夜な夜なうろうろするんだと思いながら歩いた。取り返しのつかないことはない　取り返しのつかないことはない　取り返しのつかないことはないと心の中でそんな歌を作って歌っていると、隣でウンが私の顔を見ながら、あなたまた変なこと考えてるでしょ　顔に全部出てると言って笑う。どうしてわかったの？　私、全然声に出さなかったのに。

　朝が早かった私たちは部屋に戻って昼寝をした。相変わらずお天気は春の遠足風で、歩いていると桜の木も一、二本見た。まだ咲いていない花も見え、帰り道では多大浦（タデポ）海水浴場にも地下鉄の駅ができたことを思い出した。夕食を食べたら夜の海を見に行こうか　明日見に行こうか　毛布をかぶったままで考える、夜か　明日か　いつでもいいから見に行こうか。うん　好きにしなよと上の方から返事が聞こえ、眠って夢を見たらまた、どこどこだ、おまえはどこどこにいるのだと誰かが言ってくれるだろうか。若干期待しながら眠りについた。私は行けるなら返還前の香港に行ってみたいと思いながら眠り、横でその人が、そんなに広い場所は作れやしない、返還前の香港のどこのことを言ってるんだと言い、私はどこか街中ならそんなところがあるはず、都心が見えるあまり高くなくて汚くないホテルですよと、香港は高いから意外と稀かもしれない、でも確かにあるはずと決めて眠りについた。起きたらまた中国料理を食べよう。おなかがすいてきた。

ランニングの授業

温陽（オニャン）で四十日間冬眠ガイドをやったとき、こつこつ続けたことの一つはランニングだ。ランニングをしてわかったことについて、忘れる前に書きとめておこうと思った。まずは思い出せる順に、簡単に書いてみよう。

ガイドがやるべきことを簡単に説明するなら、それは冬眠をする人たちが無事に冬眠を終えられるように手助けする仕事だ。そのために、冬眠期間中はもちろん、冬眠の前後も冬眠者の健康状態を確認し、必要な措置を取るのだ。冬眠が始まるとガイドは、登録済みの医療機関に冬眠者の健康状態を定期的に報告することになっている。これは冬眠者の安全のためでもあるが、ガイドが規定通りに業務を遂行していると報告する役割もある。報告手続きは簡単で、予約した後、十分もあればできる。それ以外に、その地区で活動しているガイドが三人一組になって毎日相互に簡単な通知を送り合う。これは義務ではないが、ガイドに緊急事態や事故が起きた場合に他のガイドが通報したり、医療機関に冬眠者とガイドの現況を知らせて必要な対策を講じるためだ。

テシクは、私が温陽にいるときに知り合ったガイド仲間だ。彼の故郷は大田(テジョン)だが、両親が引退後、温陽で暮らしているという。私は前にもガイドの仕事を何度かやったが、それは全部ソウルで、近くに総合病院があったため、他のガイドとは協力せず一人で働いた。とはいえこのようなケースは珍しく、普通は同じ地域のガイドどうしでやりとりしながら働くことが多いと聞いた。

ガイドの世界も他のすべての職業人と同様、それぞれで違う。これは、冬眠依頼者がそれぞれの職業を持ち、それぞれの世界に住む人々だからだろう。短期間の冬眠者を中心として同時に三人以上受け持ち、休む間もなく働くガイドもいて、もちろん、休む間もなくとはいっても冬眠中の人が相手なのだから、他の仕事よりは相対的に余裕があるといえるかもしれない。反面、私のように非正規的に、ある程度知っている人の冬眠だけを担当する人も多い。もしかしたら数の上では私と似た勤務形態のガイドがいちばん多いかもしれない。冬眠者が厳格な人で経済的に余裕がある場合、看護師や救急救命士の資格が要求されることもある。年齢は三十代か四十代でなければならず、指定された病院の総合健康診断を要求されることもあった。彼らがガイドにどれくらいの費用を支払っているのかはわからないが、私がもらう金額とは大きく違うだろうことは見当がつく。似たような条件で働いているように見えても各自が接する現実は異なり、どこでどんな仕事をしていても、それぞれが感じるリアリティは当然ながら別物でしかない。

ともあれ、テシクは私が初めて会ったガイド仲間だった。三人一組といっても通常は「問題なし」という通知をやりとりするだけだから、顔を合わせることは稀で、会話することもめったにないと聞く。通知を希望する場合は位置を設定できるが、私は位置情報を切っていた。そのようにしてガイドが設定したり切ったりしている位置情報とともに通知は夜八時にやりとりされるが、その時間に私はいつも近所のグラウンドでランニングをしており、テシクの通知にはいつも、私が走っているグラウンドが表示されていたので、私はテシクが誰だかわかってしまった。ある日こちらから先に挨拶して以来、私たちはときどき一緒に走り、すぐに話をするようになった。ただでさえその時間にグラウンドに来て走っているのは私とテシクと、たまに近所の人が一人二人に犬が一、二匹ぐらいで、何なら私たち二人だけのときもよくあったので、ひょっとして彼がガイドではなかったとしても、一緒に走る人どうしで会話するようになったかもしれない。もともとサッカー選手だったテシクは負傷のために選手をやめ、ソウルの大学の大学院でリハビリ学を勉強しているると言っていた。ふだんは休暇中もソウルにいるが、この休みは温陽で休息をとりながらガイドの仕事だけやっているそうだ。

——走るときにかかとに力を入れすぎると、後で辛くなるかもしれませんよ。

——それでスピードが出ないんでしょうか？

——スピードの問題ではなくて、衝撃が大きくなるから、けがをする危険性があるんです。

私とテシクは会うと走り、しばらく休憩するときにはランニングの話をした。それぞれの個人的な話をしなかったわけでもないし、冬眠者の話をしなかったわけでもないが、冬眠者について詳しく話すのはガイドの原則に反するのでためらわれ、それはテシクも同じだった。テシクは、自分より十歳近く年長の男性のガイドをやっているとだけ言い、私は、冬眠者は私と同年代だということだけ話した。何より、私が毎日やっているのはウォーキングとランニングだけだったし、毎日走っていると、走ることについて話したいこと 気になることが少しずつ生まれてくる。私はそんなことをテシクと話し合った。

――大事なのは空中に浮いてる時間なんです。

――空中に浮いてるとき？　空中ですか？　空中？

――はい。つまり、両足を地面から離してる時間っていうか？　ずっと足を速く動かしながら走るとしんどくて長続きしないでしょ。こんど走るとき、膝を高く上げて、足をあと一ピョム［指尺。親指と中指を広げた幅］踏み出すんだと思いながら走ってみてください。


テシクは伝説的な選手を例にとって、彼らは普通、一度に何秒間か空中に浮いているんだと言った。もちろん私も背がすごく高いわけではないから、そんなに長く浮かんでいることはできません。身長の影響は確かにあります。でも、大事なのは速く動き、速く走ることではなくて、高く跳び上がって一歩でも遠くへ進むことなんです。テシクは低い声で、はやく、うごき、はやく、はしる、ことでは、なくて、というふうに休止を入れてゆっくり話すのだが、一緒に走るときには横で拍手をしながら、もう少し高く（ぱん）、高く（ぱん）、高く（ぱん）、高く（ぱん）　とすばやく叫んだ。そういうときには全力を出しきる感じで膝を高く上げるように努めながら走っており、その感じはエネルギッシュだがさっぱりしていた。前にスポーツをやっていたとは気づかれにくい感じの人だった。もちろん、そもそもある人がアスリートだったと気づくのは容易ではないかもしれないけど。テシクはジムでよく見るトレーナーたちとは感じが違っていて、背がすごく高かったり筋肉が豊かそうでもなく、背は若干高めでやせ型だが平凡な体形で、もの静かな印象だったし、実際にも、ごく低い声でランニングの説明をするとき以外ほとんどしゃべらなかった。走るときも、靴だけはランニングシューズだが、長いダウンジャケットにトレーニング用ではない普通の綿のTシャツ、適度に楽そうなパンツをはいて軽く走っていた。けれども彼がアスリートだったのは一緒に走ってみればわかることで、私の後ろで話していたのにいつの間にか音もなく私を追い越し、遠くから振り向いてこちらを見て笑っており、半周差で走っているのを見てこちらが手を振って挨拶したと思うとすぐ横で声がする。私たちはいつも、簡単にストレッチをしてグラウンドを走った。そして、考えることがたくさんある日には一人で、銀杏（いちょう）の木が植わった川沿いの道を歩き、走り、またゆっくり歩きながらこれからのことについて考えた。一人で走るときはかかとをちょっと上げて走ることを思い出して走り、そうやってある程度走りはじめたら膝をもう少し高く上げ、足を一ピョムぐらい前へ　前へ　高く　高く　前へ　高く　前へ　高くと思いながら走った。以前の走り方よりもしんどかったが、体が慣れると少しずつスピードがついてきた。

　走ってからホテルに戻り、運動中に着ていた上着を脱ぐと、ベッドの上にいた猫のチャミがミャーと言っておりてきて、ダウンやジャンパーのフードの中に入ってきた。チャミはまるで自分の居場所を見つけたみたいに満足そうな表情でフードの中に入っていた。シャワーを浴び、髪を乾かして服を着替えて隣の部屋に行き、冬眠中の友達ウンの今日の最終チェックを寝る前にやり、最後にストレッチをした。ときどき静かにテレビを見たり、それからテレビをつけたまま『チボー家の人々』の続きを読んだ。BGMのようにつけておいたテレビの声がときどき、小説の中のジャックの声やアントワーヌの考えと重なることもあった。この前先生が古本屋で買ってくれた安部公房の小説は古い、縦書きの本で、そのせいか、最初の一、二ページを何度も開いてみて、そのたびやっぱりすごく面白いと思うのだが、それ以上は読めなかった。ごはんを食べるのが面倒なときは、市場で買ってきた大きな豆腐を冷蔵庫に入れておき、一度に半丁食べることもあった。電気ポットで沸かしたお湯を豆腐が入っていた容器に入れて、豆腐が温まったらお湯をあけ、醤油(しょうゆ)をかけて、パンやお餅と一緒に食べた。普段は市場でお粥やカルグクスを食べたり、マクドナルドでハンバーガーを食べることもあり、ときにはホテルのレストランに行って焼き肉を食べたり、中国料理屋で春雨炒めごはんを食べたりした。焼き肉を食べるとどうしても、ウンとウンの夫のことをしばらく思い出す。私には予測のしようもないけれど、彼らがまた一緒に一つ家で暮らせそうな気はしなかった。いっぱい食べた日はなおさら長時間歩いた。

日によっては酢豚が食べたくなり、酢豚を食べて残りをパックに詰めてもらってリュックに入れ、温陽カトリック教会に寄り、教会のまわりをしばらく歩き、民俗博物館の常設展を見学してから川沿いまで歩いた。どうしてプロテスタントの教会やお寺は、もちろんそれが教会やお寺であることは見ればわかるが見た目がばらばらで、ソウルの中心部へ行くほど派手で巨大になっていくのに、カトリックの教会はどこのも古くて端正な感じなのかについてしばらく考えた。何の知識もないし、調べる方法もわかんないな。温陽教会もやっぱりそうだということに気づいただけで、端正な赤れんがの建物のまわりを歩き、建物の近くまで行ってみた。そこには教会の歴史が簡潔に説明されていたが、温陽教会の前身である方丑里(パンチュンニ)公所［カトリックの共同体］が設立されたのは一九二〇年の三月で、十ぐらいの部屋に分かれたトタン屋根の家から始まったと書かれていた。方丑里公所を管轄する貢税里(コンセリ)本堂の第四代主任のコラン神父が、設立に備えて一九三六年に一〇〇七坪の教会の敷地を購入したそうだ。一〇〇七坪って、当初の面積の何倍くらいだったんだろうかとしばらく考えながら説明の続きを読んだ。一九四八年七月、方丑里公所から温陽本堂に昇格し、初代司祭としてメリジャン・ペドロ神父が赴任した。つまり、日本による植民地時代に教会が建てられ、運営され、朝鮮戦争休戦後、第四代主任であるハン・ドジュン神父の在任中である一九五六年五月に教会新築工事に着工、一九五七年一月に竣工して奉献式を行ったと書かれていた。そのためか、片側は旧館のような感じの建物で、もう片側は新しく建てたような感じの建物だった。私は古い教会のまわりを歩きながら、次は中に入ってみようと思った。

民俗博物館もやはり教会と同じようにれんが造りの建物だった。私は自分がすごく小さいとき、つまり九歳のときにここへ家族旅行に来たことを知っている。その事実は記憶していたけど、そのとき何を見聞きしたかは思い出せない。自炊ができる宿だったので、父さんがコッフェルでごはんを炊き、キムチチゲを作って一緒に夕ごはんを食べたことだけは覚えていた。幼い私と若い両親は民俗博物館に行き、武寧(ムニョン)王陵にも行った。武寧王陵に行ったのは、武寧王陵の前で撮った写真が残っているから覚えているのだ。おそらく両親は、武寧王陵というものが何なのか私に説明しようとして苦労したことだろう。黄土色の床と赤褐色のれんがの建物はどこか武寧王陵を連想させたが、博物館の入り口にあるリーフレットを見ると本当に、れんがの積み方や色は武寧王陵をモチーフにしたと書いてあった。雨が降るという予報は出ていなかったが、博物館の前にいるときから小さくて軽い雨粒が落ちてきて、博物館の中に入ると雨粒がガラスのドアにつき、雨粒が落ちる音が少しずつ聞こえてきた。チケットを買い、博物館の入り口にしばらく座って雨音を聞いた。建物の中は穏やかで温かい雰囲気で、私はいつまでもここで過ごせそうだった。太陽は沈まず、平日の午後の時間は持続し、その持続が反復され、私にはおめでたいこともおめでたくないことも起こらず、病院にも行かず、職業もなく所属もなく、平日の午後に博物館に座っていられる人間のままで、そんなふうにしていつまでも暮らせそうな気がした。今日みたいに冬に雨がいっぱい降るようだと明日は雪かもしれないと思いながら、席を立って展示室に入った。

　冬眠の前にホ・ウンが読んでみてと渡してくれたノートには、遠い昔の人々はクマやカエルみたいに冬眠をしただろうという仮説が記されていた。ホ・ウンはそのような仮説を記した論文を読み、冬眠が遠い昔の人類によくある行動パターンだったのなら少しはほっとする、と書いていた。遠い昔ってどの程度の昔のことかな。三国時代くらいかな　百済（ペクチェ）は文化が発達した国で日本との交流が盛んだったけど、冬には冬眠をしたんだろうか　高句麗（コグリョ）は領土を広げていく際に気象のことを知り、寒い冬には冬眠をしたのかなと考えながら、韓国人の一生を表した展示を見た。展示されているのは主に朝鮮時代の品々で、朝鮮時代の人々が冬眠をしたとは思えないが、子供が生まれたら産衣（うぶぎ）を着せ、年齢が上がれば大人にふさわしい服を着なければならず、結婚などの重要な儀式にはそれに合わせて服や装身具が用意されたのだから、冬眠にも社会的に要求される服装があったかもしれないと思った。白い麻や苧（からむし）は素朴ながらも品格があった。子供たちは生まれ、ある者は丁重に扱われ、またある者はそれより粗末に扱われ、季節や節気が重んじられ、十五歳になれば一人前と見なされ、大人扱いされ、婚礼を挙げ、子供を産み育て、やがて体が衰弱したらある者はとても手厚く世話されながら冬眠に入るのだ。あるいは、寒い山間地方の遠い祖先たちは、やせた土地に生きる粘り強い人々で、自然に順応して生き、寒い冬を過ごすエネルギーを蓄えておくために、どの家でも夏の終わりから食料を備蓄し、家のすみずみにまで備えをし、立冬を合図に冬眠に入るのかもしれない。そんなことを考えながら笠や被布（ひふ）、さまざまな種類の食器や布類を見た。今のごはん茶碗よりずっと大きい飯碗と、落ち着いた色の杯や茶碗たち。展示を見た後、またしばらく椅子に座って赤茶色ののれんがを眺めた。雨はやんでおり、冬の樹木や草は雨に濡れてパッと色鮮やかになるという感じがなく、それでも地面からは土の匂いと雨の匂いが強く立ち上る。川沿いを歩きながら、行ってみたいところ　住んでみたいところ　やるべきことを整理しようとしたが、整理がつくというよりは、考えつづけてしまうことになった。

ガイドをよくやる人の職業の上位には常にアーティストがいるという話を聞いた。小説や詩を書きながらガイドをやっている人や、個人レッスンとガイドで生計を立てている演奏家も多いそうだ。以前、資格取得のため実習に行ったときに一緒になったのは演劇俳優だった。アーティストが自分の活動をしながらお金を稼ぐのにガイドはうってつけだという側面もあるし、定期的に冬眠する人なら決まった人にガイドを任せたいはずだが、それには時間的な余裕があって時には空間的な移動にも対応できる人でなければならず、そういう仕事を任せる際に、時間的・空間的な制約を比較的受けにくいアーティストが望ましい面もあるのだろうと思った。資格を取るときに授業を受けた講師は、もともと美大を卒業した後、アトリエの家賃を払うためにガイドの仕事を始めたそうだ。その後、頻繁に海外出張する実業家のガイドを任されて、本格的にこの仕事を始めることになったという。実業家は毎年、クリスマス休暇を冬眠に充てていたが、最初の年はオフィスのあるソウルでやったので、講師は光化門を見下ろせるマンションでクリスマスを迎えたそうだ。その年は雪がたくさん降り、窓の外に雪をかぶった光化門を見ながらコーヒーを飲んだという。その実業家は翌年は上海で、ある年には一月に北京で二週間冬眠をやり、同じ年の十二月にはコペンハーゲンで五週間冬眠した。私は温陽にいて、時が流れて、誰かにその年の冬あなたはどこにいたかと聞かれたら、そのとき、つまり当時は温陽で過ごしていたよ　ランニングをしたり、図書館や博物館によく行っていたと答えることになるのかもしれない。今は温陽にいて、だったらホ・ウンの冬眠が終わった後、私はもともと住んでるソウルの家に帰るのか、他の場所にしばらく滞在するのか、だとしたらどこへ行くのかと歩きながらゆっくり考えた。

――あのー、では、もしかして今もその方のガイドの仕事をなさっていますか?

――その方というのは?

――よく出張に行かれるという、その社長さんのことです。

――いいえ。今はやってないです。

――は。

――三年前に亡くなられたのでね。

講師は講義が終わって質問した私にそう言うと、これ以上は話したくないというように荷物を持って後ろを向き、出ていった。私たちはトイレの前でまた会ったが、彼はさっきより穏やかな表情で、その方には多くのことを教わったと言った。

――実際、その方のことはすごく尊敬しています。話はあんまりしなかったですけど、その方の冬眠を毎年手伝っていたら、自然とわかってきたことがいっぱいあってね。もちろん私も、その方やその方の会社についてあらかじめ勉強はしてあったのですが。つまり、妙な話かもしれませんが、人には何かを犠牲にすべきときがあるということです。人は正直であると同時に、すっきりと行動できなくてはならず、ときにはすべてを擲ってでもそうすることに耐えねばならないということですね。そうしたときでさえ、人は正直で、またスマートでなければならないわけです。誰にでもそういうときがあるし、そうであるべきですが、ビジネスをやっていれば特にそうでなくてはなりません。

講師はその方の冬眠を担当して以来、ビジネスと投資について勉強を始め、現在はガイド養成のための教育機関を経営していると言った。

——絵もたまにはお描きになりますか?

——私は彫刻専攻だったんです。全然やってないですね、今は。

ホテルに戻り、ダウンを床に敷いておくとチャミがベッドから軽々と飛び降りてきて、ミャー。シャワーを浴びてリュックから酢豚を取り出し、器に入れて廊下にある電子レンジで温め、ごはんも温め、キムチを出して早めの夕ごはんを食べた。頭の中で、つまり肩のあたりか胸のあたりかそのへんから突然、三角形に切ったスイカのイメージが湧いてきて、そのスイカは熟れすぎでも未熟でもなく完璧に近いまっ赤なスイカだったので、酢豚を食べているのにスイカを切って噛(か)むと口の中に広がる甘くさわやかな水気の味が思い出された。それを感じた、というべきだろうか。ほんの一瞬、酢豚とキムチが口の中で混じったときにはっきりとスイカの味がして、それから消えたのだ。冬でもスイカは食べられるけど、私は夏のことを考えた。今日はランニングをせず、明日は雪が降るかもしれず、夏は遠くから歩いて　スイカを持って　大きい青々とした木の葉っぱを持って　氷の入った飲み物を用意して私たちに会いに来る。酢豚の残りを食べ終え、ざっと皿洗いをして部屋の内窓を開けておくと、チャミはダウンのフードから曲線を描いて跳び上がり、窓の下に置いておいた椅子に座る。安部公房の縦書き小説を読もうと努力し、起きて、ウンの状態をチェックしてまた部屋に戻ってきた。自分の日記に三角形に切ったスイカを描いて、スイカが食べたいと書いた。温陽教会と温陽民俗博物館に行ったと書き加え、日記を終えた。明日は大田に行ってパンを少し買ってこようと思いながら寝た。

目が覚めて窓を開けると予想通りうっすら積もった雪が見えた。明るい光が室内に射し込み、雪はきらきらし、雀たちが鳴いており、チャミは常に生き生きとその瞬間に完全に没入していた。起きて顔を洗って歯磨きをしてストレッチをして水を一杯飲み、ウンの状態をチェックして記録した。服を着替え、近い駅に行って地下鉄に乗った。地下鉄を降りて駅前のベンチにちょっと座って、大田行きの列車に乗り、車内で、大田でやることについて考えてみた。大田駅で降りると私は列車の中で考えておいた通りにカルグクスを食べ、中央路(チュンアンノ)駅まで歩いた。列車の窓から細かい雪がちらちら舞うのを眺めながら来たが、大田には雪が降っていなかった。歩いて、静かそうなカフェに入ってコーヒーを飲み、来週あたり先生に連絡をしてみようかとしばらく考えた。カフェを出てパンを少し多いかなと思うくらい買い、豆腐トゥルチギ［豚肉と豆腐の炒め物］をテイクアウトして大田駅に向かった。大田駅で列車に乗った人たちは、三人おきに一人ずつパンの袋を持っていた。列車の窓からまた米粉のような細かい雪が降るのを見たが、駅に降りると雪は降っていなかった。ホテルに戻り、買ってきたものをしまい、手を洗ってウンの状態をチェックした後、部屋に戻って豆腐トゥルチギで早めの夕ごはんを食べた。チャミと狩りごっこをして遊び、内窓を開けると、チャミは曲線を描きながら窓の下の椅子に駆け寄り、私は本を読みながらコーヒーを飲んだ。服を着て出かける準備をし、窓を閉めて部屋を出た。

グラウンドに着いてストレッチをしてゆっくり一周ほど歩き、時間を確認して通知を送

り、軽く半周走っているとき、

――こんな日は特に注意しないといけません。ちょっと滑ったなと思ったぐらいでもけがをしていることが多いです。

テシクと二周くらい走ったとき雪が降りだして、雪は休みなく降り、それはぼたん雪と呼べるぐらいの大きさでゆっくりと地上に降りてきた。テシクは隣で注意　注意　注意注意と小声で言い、私たちは降ってくる雪をかぶりながらゆっくりと走り、それから歩いた。手袋を脱いで冷たい手をテシクの顔に当ててみた。冷たい指が冷たい鼻をかすめた。テシクはポケットから手を出して、大きな両手で私の手を包んだ。私たちは短くキスをして、小止みなく降る雪の中を歩いた。

その前の日にスイカの味を経験したとき　スイカをのどへ通過させたとき　そのときから夏は私を目指して歩いてきていたが、どうして春と秋と冬はそんなふうに私を訪ねてきたりしないのに、夏はそんなやり方で私に来るのだろうか　私はいつもそれが不思議で、と同時に完全に心を開いてそのことを受け入れていた。そのためか、時が過ぎてある夏に私はテシクと再会することになり、私たちはあの年の冬にそれぞれに起きたことを話し合うことになったけれども、ぼたん雪の中を走っていたあのときは、まだそんな時間については知らなかった。けれども確かに学んだのは、ランニングでいちばん大事なのはけがをしないことだという事実で、私はそれをここに書いておく。

この部屋でだけ作動するすごく性能のいい機械

テシクが初めてシオンに会ったのは冬だった。当時テシクは大学を卒業し、ソウルの兄さんの家でしばらく一緒に暮らしていた。古いマンションで、テシクと八歳違いの兄さんは働きはじめて以来こつこつとお金を貯めて比較的早く家を買い、そこで何年も一人暮らしをしていた。もしかしたら、ずっと一人だったわけではないのかもしれない。テシクはその可能性を全く考えていなかったが（その可能性はないと断定していたというより、あんまり兄さんに関心を持っていなかった）、無造作にドアのキーの暗証番号を押して入ってきたシオンを見たそのとき初めて、兄さんが他の人と一緒に住んでいた可能性について考えることになった。初めて会う人が暗証番号を押して入ってきたことにびっくりはしたが、シオンの顔やその雰囲気を把握して、なぜだか、そうだろうなという気がした。兄さんと似合いそうだというより、何となく、兄さんはあの人に対しては強く出られないだろうなという感覚だった。一緒に住みはじめる前は、離れて暮らした期間も長いし、年の差が大きくてテシクが小学生のときに兄さんは高校生だったから、仲が悪いというよりお互いに無関心な兄弟関係だった。でもシオンを見たときテシクは一目で、これは兄さんが好きな人で、兄さんはこの人に弱かっただろうとわかった。

ともかく、予想のつかない状況にぶつかったのはシオンも同じで、テシクが少し驚いた程度とすればシオンはどうだったのか、そのときも今も確かなことはわからない。若干あわてた程度だったのか、恐怖まで感じたか、もしくは自分が変な人間じゃないことを証明しようとして緊張していたのか、ともあれテシクが記憶しているシオンは、最後のに近かったようだ。多少緊張した表情で家の中をしばらく見回し、間違って別の部屋に入ってきたわけじゃないことを念のために確認した後、自分が誰であるのか、大きく息を吸って吐いてから説明しはじめた。テシクは兄さんと雰囲気が完全に違うので普通は兄弟だと思われないのだが、十歳近く年の違う弟がいるという話をシオンはあるとき兄さんから聞いていた。それでこう尋ねた。

——もしかして……弟さんですか？

——はい、そうです。それで、どちら様？

――私はキム・シオンというんですが。
――えーと、それって……

　キム・シオンは、わからないかなあという顔をして、そうですよね、まあ　と言い、友達だとつけ加えた。友達といってもただの友達ではないと言いたそうに、指を全部組んだ手を胸まで持ち上げた後、手首を動かして指をほどいてから、友達ですと言った。シオンの話はそういうことで、つまり自分はとにもかくにもテシクの兄と友達であり、二人は親しかったのであり、彼にもう一度会わなくてはならないと言った。

――兄は旅行中です。
――旅行ですか？　いつから？
――月曜日です。
――いつ戻ります？
――すぐです。えーと、来週です。

　シオンは、わかった　事情は理解したというようにうなずいた後、探しているものがあると言い、入ってもかまわないかという表情で兄さんの部屋を指差してからドアを開けて入っていった。テシクはテーブルの前に座って、部屋から聞こえてくる音に耳を傾けた。たぶんシオンはベッドの上に寝ているのだろう。布団がばさばさと音を立て、ベッドの上で何か重いものが動く音が聞こえた。知らない人とドア一枚隔てたままで、よく知っているベッドの上に寝ているシオンは目を閉じているだろうか　開けてるのかな　眠っちゃってはいないだろう。お茶を飲むことも考えつかなかったのはどうしてかわからないが、テシクはお湯を沸かし、カップ二個に紅茶のティーバッグを入れてお湯を注いだ。テシクが動き回る音がしたせいか、シオンはやっと出てきて、テシクが差し出すカップを受け取ると言った。

――まあ、これって、理解しにくいことですよね。

　テシクはそのとき何の話かよくわからなかったが、シオンの顔を見ていると何となくわかってくることがあった。つまり、自分も兄さんと同じようにこの人には弱いのだろうということだ。シオンは冬が終わったらカナダに行くと言った。韓国を離れてしばらくそこに住むことになっていて、だからお兄さんに今すぐ会わなければならない、と言うのだった。来週また来ると言って席を立ったシオンは、しばらく立ったまま何かを考えていたが、立った席にまた座った。

——会わないといけないというより、私が会いたいんです。

——はい、わかりました。じゃあそうしてください。

そのときテシクは、兄は旅行から戻ったら冬眠に入るということを伝えるべきだったが伝えず、来週のいつですか、と尋ねるシオンの疑いを知らないまなざしに出会っても、旅行からいつ帰ってくるのか正確なところは言わず、振り向いてよそを見た。たぶん携帯電話、たぶんテーブルの上を見た後、正確なことは言わず二人分のカップを取って流しに置いた。シオンは口数が多くはなかったが、視線と表情に思いがそのまま出てしまうタイプで、黙っていてもものを言ってるみたいというべきか、とにかく、求めているものがわかりやすい人であることがわかった。テシクは、このことは長く記憶に残るだろうと思った。テーブルの前に座り、納得できないと言いたげに唇をきゅっと結び、若干うつむいて何かを考えている顔が。そして急に頭を上げると短くため息をつき、この状況には納得できないという目をして、何かを強力に要求しているこの顔が。

兄さんがどう生きてきたのか、何を考えて暮らしているのか全然わかってなかったなと思ったのは、キム・シオンに会った日が初めてではなかった。その年の夏の終わりに、テシクの兄のテインは彼に冬眠ガイドを依頼した。理由を尋ねると、長く眠りたいからだと言う。それだけで、他に説明はなかった。テシクがガイドの資格を取ってから二か月ほど後のことだ。当初、テシクはガイドの仕事を積極的にやるつもりはなく、取っておいても悪くないとか、何かの拍子でアルバイトの必要が生じたとき役立つかもという理由で資格を取っただけだったので、兄さんの提案に驚くと同時に、兄さんの顔がすごく疲れて見えると思った。すでに冬眠を経験した人の数も多く、昨年の統計では、定期的に、ちょうどクリスマス休暇を取るみたいに冬眠をする人たちの数が確実に増えて、冬眠経験者の二十パーセントを超えるという集計結果が発表されていた。彼らの多くは重い責任を伴う業務に疲れた大企業の役員や、弁護士をはじめとする法曹関係者で、持続的に冬眠をする理由は、短くとも充実した休息をとるためだと分析されていた。アンケートに応じた人たちの回答もその分析と大きな違いはなかった。つまり冬眠は、逃避的あるいは反社会的な性格のものではなかった。世の中で全く逃避的でもなく反社会的でもない行動や選択とは具体的にどういうものか、飲食店の店主に自分から挨拶する程度以外にどんなものがあるかまるで想像がつきづらくはあったが、とにかく今のところ冬眠は、旅行やスポーツをはじめ、人間が余暇を充実させるための選択肢の一つであるとテシクは学んだし、長期にわたって蓄積されたデータも、当初の憂慮とは違ってそのような傾向を見せていた。だが、そうはいっても冬眠はやっぱり、突然のショックを受けた人や非常に疲れた人が選択する治療に近い経験だとテシクは考えていた。二十パーセントに該当する人たちもまた、耐えがたいショックを受けたり非常に疲れた人たちなのだろうと彼は見ていた。そもそも、過重な業務が人を疲れさせないわけはないし、むしろそれこそがまさに人を疲れさせるものだ。ではテシクは、残りの八十パーセントをどう考えているのか。新しいものを好む人たち、友達の勧めに乗りやすい人たち、そしてやっぱり疲れきった人たちかな。

――僕、資格は取ったけど、まだ一度も実際に仕事したことないんだよ。

――僕は何回もやったから。

――いつやったの?

兄さんは詳しいことは話してくれず、もうすぐ勤続十周年で長い休みが取れるから旅行に行き、その後冬眠に入るつもりだと自分の計画を説明した。

――兄貴が何度も冬眠をやったからって、それがどうして僕のメリットになるんだよ?

どうせ兄貴は寝ちゃうのにさ。

――副作用が起きないから安心だってことだよ。僕、ベテランだから。お前は決まったルール通りに確認だけすりゃいいんだ。変数がないっていう点がいいんだよ。

横目で兄さんの顔をちらっと見ながら、兄さんの寝顔を毎日見る仕事なんて本当にやりたくないと思った。そんなの、近すぎて、濃すぎて、考えるだけでも逃げ出したくなるような仕事だ。そもそも家族だということが　誰もが誰かの子供であり兄弟であるということが　さらにその誰かというのがときには父母でもあるということが、その瞬間テシクにとっては大きすぎ、濃すぎて、飲み込めないのに口の中に突っ込まれる食べ物のかたまりを載せたスプーンみたいに感じられた。でも結果的にテシクは兄さんのガイドを引き受けた。何がどうなって、やるって言ったんだっけ。そのときの感情は正確に思い出せないが、たぶん、そうはいっても十代以後ずっとそっけない関係だったし、この人のことを全然知らないからこそやっちゃえるんじゃないかと、そんなふうに思ったのでもあったみたいで、つまり、考えるべきじゃないってことだ。考えていくと、絶対そうだということも、絶対そうではないということもないと思えてくるから。家族の冬眠ガイドなんて絶対やりたくないという当初の思いは消え、必ずしもそうじゃないよなと思えてきて、勘違いかもしれなくても、その瞬間に楽そうな道へ行ってしまうことになるからだ。何より、金、要らないのかいという兄さんの言葉こそ事実だった。だったら金を稼ごうとテシクは思った。またあのときのことを考えちゃった。

旅行から帰ってきた兄さんは三日後に冬眠に入った。兄さんはハワイに行ってきたと言っていたけど、おみやげに買ってきたのはどこの空港でも売っている、いや、今すぐどこのデパ地下に行っても買えるマカダミアナッツチョコレートだけだったから、本当にハワイに行ってきたのかどうかわかったもんじゃないと一瞬思ったが、そんなことは考える必要がないんだ本当に。何も考えないことにしよう。兄さんの部屋をもっぱら冬眠専用に使えるように片づけ、自分の荷物は小さい方の部屋に移した。兄さんの家に来てからずっと小さい方の部屋で寝ていたが、冬眠中は、万一の場合すぐに目が覚めるようにリビングで寝ることにした。夜はテーブルの横にマットレスを敷いた。テインは冬眠を始める前、近所の冬眠担当病院に申請と報告をして簡単に健康診断を受けた。兄さんが職場で健診を受けたのは二か月前で、結果的に大きな問題はなかったのでまた受ける必要はないのだが、兄さんはもう一度受けると言った。ここでも冬眠に支障をきたすような異常はないという結果を聞いて家に帰ってきた。テシクはシオンが座っていた向かいの席を見た。その隣の席には兄であるテインが座っていた。シオンがここに寄ったことをなぜか言いたくなかったが、その瞬間は、言いたくないということについてももう考えたくなかった。他のやり方でシオンのことを考えたかった。

——兄貴の友達だっていう人が来てたよ。ドアの暗証番号知ってて、押して入ってきたけど?

——お、そうか。番号変えないとな。

テシクは、立ち上がって玄関の方へ行く兄さんの背中を見た。スポーツをやっていた自分より背が高かった。若いころはスポーツもそこそこ得意だったが、今はスポーツとは全然関係ない仕事をしており、普段は体を動かすこともない。二人とも口数が少なく、一緒に座っていても何の会話もなく、テレビを見たり、めいめい自分のことをやっていた。兄さんは部屋に入っていった。シオンには兄さんが来週戻ると言っておいたが、その来週がもう終わろうとしている。冬眠のベテランだという兄さんに改めて冬眠の手順を説明すると、兄さんはそうかそうかと言いながら聞いていた。おい何だよ、そんなこと全部知ってるよと言うんじゃないかと思ったが、テインは黙って聞き、テシクの指示通りに必要な薬を飲み、もう一度簡単な検査を受けた後、決められた時間に床に入った。テシクは眠りについた兄さんを見て、頭の中で何度も手順を確認し、次のチェックの時間に観察すべきことを整理した。これが、テシクが資格を取って以来初めて担当したガイド業務だった。テシクは寝ている兄さんの顔を見下ろし、すごくよく知っている顔だけど、同じ家にいてもいざ正面から見たことは何べんもなかったなと思った。でも、ずっと見ていると一瞬、本当に知らない顔みたいに思え、小じわのある三十代半ばから後半の男の顔の一つと認識されてきて、でもこの人は、つまりこの人は。と、そんな独り言が出るころには最初のときと同様、あまりによく知っている顔として再び受け入れられるようになった。しばらく兄さんの顔を見下ろしながら立っていて、アラームを一時間間隔に設定し、リビングに戻って横になった。初日なので念のためもう少し頻繁に確認することにした。もしかしたら起きられないかもと心配だったが、横になるとたちまち寝てしまい、アラームが鳴るとすぐに目が覚めた。そうやって何度かの確認を経て、翌朝九時になってやっといつも通りに生活できるようになった。もうアラームを気にしなくてよく、起きて活動すればいいんだ。テシクは服を着替えて家を出て、三十分ぐらい走って近くの山に行った。もう一度ストレッチして、走るようにして山を登った。お昼が近いせいか人は意外に少ない。今後はこの時間に山に登っては帰ってきてごはんを食べ、午後は用事を済ませ、その合間合間に兄さんの様子を確認し、夕ごはんを食べ、近所を一回りした後シャワーを浴びて寝ることにしようと決めた。しばらくは一時間に一度起きて兄さんの様子をチェックし、来週からは二時間に一度起きることにしよう。冬眠のベテランという言葉が思い出されたが、ベテランだなんてさ。家に帰る途中で、卵とコーンフレークと牛乳と肉を少し買った。ガイドの仕事をしていることを意識するたび、緊張感が一瞬背中を襲う。昼ごはんを食べるためにテーブルについたときもう一度シオンのことを考えたが、もう顔がよく思い出せず、何かを要求しているような表情と小柄な体と、体に比べて広く角張った肩の作り出すシルエットが一瞬、鮮明に思い出されて消えた。

テシクがシオンに二度目に会ったのは、兄さんの冬眠が始まって一週間経ったときだった。テシクは山に登って帰ってくるところで、シオンはアパートの近くのバス停でテシクが来る方角を向いて立っていた。シオンを見たテシクは一瞬、何か予想していたこと、待っていたことが本当に起きたらしいと感じた。挨拶抜きでお互いを認識した二人は、マンションに向かって一緒に歩いた。テシクはちょっと待ってくれと言ってからふと、トレーニングウェアを脱いでシャワーを浴びて兄さんの状態を見て出てくるまでに三十分はかかるだろうと思い、入って待っててとシオンに言おうとしたが、兄さんが暗証番号を変えていたことをすぐに思い出した。そのときシオンが振り向いてバス停の方を指差し、その向かいの路地にあるカフェに入っていると言った。

——時間がかかりそうですから。私はちょっとコーヒーを飲みたいんで。

——あ　はい。それじゃ。

外で会うシオンは家の中で見ていたシオンとは違う感じだ、と思った。シャワーを浴びながら、シオンに再会したときの不思議な安心感と得体の知れない緊張感を思い出した。会いたいと思って意識的に待っていたわけではないが、とはいえ予想していたことが本当に起こったんだなあという気はした。兄さんの状態を確認したテシクは、シオンが言ったカフェに向かった。コーヒーを注文し、シオンの向かいの席に座ったが、これから話すことはまともな説明が可能な話なんだろうかと、そんなことをしばらく考えてしまった。

——今は兄に会えないと思いますよ。

——旅行から帰ってきたんですよね？
——はい。
——家にいますか？
——いいえ。いません。

いないわけではないが、いるともいえないし、冬眠中だという事実は誰にまでなら教えてもいいんだろう。基本的には緊急事態でない限り誰にも知らせないのが原則だが、兄さんの生活については知らないことが多すぎる。その必要のある人には全部自分で知らせたよと兄さんは言ってたが、誰だか知らないけど本当に話したのかどうか、少しも確信が持てなかった。シオンの顔は前みたいに何かを要求する感じではなく、少し悲しそうだったが、納得しているようにも見えた。もしかしたら、テシクがそう思ってほっとしたかったのかもしれない。けれども一方ではほっとしたくないという気持ちもあった。ほっとしたくなかったし、シオンが自分を追及し、責めてくれたらいいのにとさえ思った。つまりテシクはシオンが家に入るべき理由を考え出して、一緒に家に入りたかったのだ。シオンは立ち上がり、息が詰まりそうだから外に出てちょっと歩こうと言い、テシクはコーヒーの残りを飲み干すと一緒に出た。二人は路地に沿って歩き、山に登る道の入り口にあるベンチに座った。シオンは黙って、何かに集中しているような表情で、目の前の木々や遠くに見えるマンションを見ながら言った。

――ときどきすごく眠かったり、辛いときもあるし。だいたいそうですね。

テシクは集中した顔で眠いと言っているシオンを見ながら尋ねた。

――あ　今もですか?

――いえ、割とましです、今は。最近は。

まだ寒い季節ではなかったが、きつい坂を登ってきて息切れしたせいか、シオンが話すたびに白い息が立ち上り、真冬のように見えた。

――よく眠れてますか?

――はい、普通です。普通、よく寝ます。

――私もそうですけどね。テインさんは寝られないこともあったみたいですよ。

――あ。兄さんはそんな話はしないもんで。

――自分と弟は全然違うって言ってましたよ、そういえば。じゃあ、冬眠はしたことありますか?

――いえ、ないです。

シオンは一昨年と去年のこの時期に兄さんのガイドの仕事をしたことを話した。シオンとテインは職場が近く、テインは冬眠のためにシオンを紹介され、だんだん親しくなり、冬眠が終わった後も二人でよく会っていたという。シオンは、テシクが今、兄さんと一緒に住んでいる家で兄さんのガイドを務めたと説明した。まるで、この前どうして楽々と暗証番号を押して家に入ってこられたのか説明するみたいにそう言った。そのことはシオンと一緒にマンションに入る理由にはならず、テシクもまたそれをよく知っていた。他のこともよく知っていた。不思議なできごとと不思議な気分。シオンに問い詰められたり、答えづらい質問をやりとりしたいという気持ち。シオンが自分を困惑させたり、じかに不安を与えてくれたらいいのになあという気持ちを確かに感じたが、それは綱の上を歩くような気分だった。山や木を後にして、シオンとテシクは下り坂をゆっくりおりていった。自分が兄さんのガイドをやっていることを明かしたテシクは、兄さんに会わせることはできないとシオンに言った。やがて落ちる木の葉の色が美しく、二人はまだ誰にも踏まれていない大きな落ち葉を音を立てて踏みながらマンションに着いた。ドアの前でテシクはもう一度、部屋に入ってはいけないと言った。

――顔を見ることはできませんか。

――それはできません。

――じゃあ、私に説明してください。見たものについて、ゆっくり話してください。またはただ、昔の話をしてくれるのでもいいんです。どうしても会えないなら。

シオンはテシクが初めてシオンに会ったときに座った場所へ行って座ったが、この人はどうしてこの家の中でだけ、何かを強力に要求するような顔をするのか、そういう顔になるのか。テシクはお湯を沸かして紅茶のティーバッグが入ったカップに注いだ。二人は手袋をせずに歩いて赤くなった手を熱いカップで温めた。テシクは立ち上がって兄さんの状態をもう一度確認し、ドアを閉めて出てくると、シオンに、昨夜もその前日も大丈夫だったと言う。

――たぶん今後も大丈夫でしょう。それと、後で、後になってからでも話してください。何でも。どんなものを見たかとか、どんなものを見たと言ったか。

――何か見るんでしょうか？　つまり、冬眠中に？

――見ることもありますよ。

テシクもそんな話を知っていた。資格取得の勉強をしているとき、そういう事例を資料で見たこともある。行ったことのない場所の情報が記憶に重なったようになり、未経験のことを経験したと信じている事例。シオンは、兄さんに特別な現象が現れたり、副作用といえるような症状が出たわけではないと言った。でも、通常、夢がごちゃごちゃになったり、何かを見たりする人は多いんです。テインさんは私の生活を見たと言ってました。それは今後起きることを教えてくれるようなものではないとシオンは言った。ただ、今の状況を　私がこんなふうに立っていたり　座っていたり　何かを強く望んだり考えたりしてる　そういうことを見るんです。そういうことについて聞きたいのだとシオンは言った。自分には自分自身が見えないときに　そうやって自分を見ていた人の話を聞きたいと言った。そんなことを言うシオンの顔は前と違って穏やかで落ち着いており、テシクは、兄さんが何か見るというのなら、まさに今のこの様子を見ているのかもしれないと思った。テシクはもう一度手を洗い、部屋着に着替えて兄さんの部屋に入った。そのとき何かを見たのなら、今も見ることができるんだろうと思いながら兄さんを見下ろし、兄さんが横になっているのと同じ方角に頭を向けて床に寝た。僕が兄さんの顔を見れば兄さんが僕の顔を見る。眠ることだけが目的の部屋に寝転んでいると、そのせいかすぐに眠り込んでしまいそうで、あわてて体を起こした。また兄さんの顔を見下ろすと、お互いがお互いを見るしかないという緊張感やプレッシャーも悪くないという気がした。お互いが持つしかない重みを肩に負って立っているということ。しばらく兄さんの顔を見下ろしていた後で、テシクは部屋を出た。

シオンはテーブルではなく、テーブルの後ろのソファーにもたれて床に座っていた。シオンはガイドをしたとき主にソファーで寝ていたそうだ。テシクはソファーに座り、床の上のマットレスを指差した。床に寝ると、ベッドで寝るときより冷蔵庫の音がよく聞こえることに気づいた。家じゅうのすべての低い音が、まるで重さがあるみたいに床に向かってゆっくりと滑ってきた。暗い夜に床に寝ていると、それを聞くことができた。

——カナダでは何をするんですか？

——あ、姉さんが住んでいるので、姉さんと一緒に暮らして向こうに慣れて、英語をもっと勉強して、それから学校に行こうと思ってます。

シオンは近所の町の話をするみたいにバンクーバーのある地域について話し、姉さんと姪と一緒に行った場所について話した。姉さんが、韓国人教会ではなく現地の人が通う教会に通っており、いつだったかそこに一緒に礼拝に行ったこと、そして帰り道でスコーンとコーヒーを食べたこと　そして、まるでここがバンクーバーの姉さんの住むところとつながっているみたいに、このマンションの裏に小さい開拓教会や信仰研究会の看板を掲げた建物がいくつか見えるけど、何でここにはそういうものがあるんでしょうね　いっぱいあるみたいなんですよ　と言った。テシクは、自分が行ってみたこともない、けれども今にも行けそうな場所を、まるでカナダのどこかを思い描くみたいに頭の中に描いてみた。たくさんの路地と店　そして自分が走る道や山に向かういくつもの道。今日、シオンと一緒に歩いた路地やベンチの位置を頭の中でゆっくり思い描いていった。そして振り向いて、まるで地図を見ながら道を探すみたいにシオンの顔の輪郭を指でなぞっていった。髪の生えぎわ近くを指でゆっくりこするようになぞった。眉毛、頬骨、あごは尖ってもなく丸くもなかった。手を少し震わせ、大きな、やや荒れた指でシオンの顔をゆっくりたどっていった。そして何か思いついたように立ち上がり、またお湯を沸かした。しばらく後、飲み終わった紅茶のティーバッグが入ったカップにお湯を入れて、ソファーの横の床に置いた。カップからは湯気が立ち上り、シオンは目を閉じたまま手を上げて、自分の顔に、ちょうどテシクが引いていった線をたどるようにゆっくりと触れてみた。

＊

私が手を伸ばしてテシクの顔に触れたとき、つまり彼が私の顔の輪郭をスケッチするみたいに追っていくのではなく、親指を頬に載せ、それから親指で眉毛に触れ、人差し指であごの線を描いていくとき、テシクは私の目を見ておらず、私と目を合わせていられず、ソファーの横のすみっこを見ていたと思うと目を閉じ、だから私たちはお互いの顔を見なかったのだが、しかし私はまたテシクの顔を持ち上げてその顔をゆっくりと見た。

――今、歯医者さんになったみたいに顔を見ています。

そのときテシクは初めて笑ったんだったっけ。テシクに二度目に会った日で、その日私たちはそれぞれが見たことをゆっくり話し、ずっと一緒に過ごした。私はカナダに行くまでの間、その後も何度もテインの眠っている家に寄ったが、部屋に入ることは最後まで許されなかった。でも私はテインが私の顔を思い描けることを知っている。私が思い出せるのはテシクの顔で、その後何年か時間が経ったけれど、ときどき指先で眉毛と鼻、あごの線がどうつながっているかを生き生きとたどることができ、どういう理由からか、手が顔を思い出すとほぼ同時に頭の中でもテシクの顔が蘇った。

今、歯医者さんになったみたいに顔を見ています。私はまるでそのソファーが歯医者さんの椅子であるみたいにテシクの体をソファーにもたれさせ、テシクは目を閉じたまま、悪いところが全部治ったみたいですと言って笑い、お湯が入ったカップはそれと同時に倒れた。私は彼の手をつかんだが、こぼれたお湯でもう二人の足は濡れてしまった後だった。

影犬は時間の約束を破らない

影犬は、時間と心の結びめがほどけてしまった人々のところにやってきて散歩を要求する。それはいうまでもなく、この世の犬の全部がやっていることとそっくりだ。時間と心のつなぎめがゆるみ、稀薄化すると、私たちは時間に対する健康な緊張感を失い、症状が悪化すれば深い悲しみに沈むようになる。そうなる前に彼らの前に影犬が現れ、断固として散歩を要求し、彼らと散歩をするうちに誰もが、時間との関係を取り戻す糸口を見出すこととなる。従ってこれは、時間との望ましい関係を回復させるために起きる一種の現象ともいえる。けれどもほとんどの人はそのとき自分が危険に瀕(ひん)していることに気づいておらず、わけのわからないことが自分に起きたとしか思わない。もちろん、現実に存在する普通の犬に出会うときの人々の反応もそれと同じだ。私にこんな存在が出現するなんて、私たちにこんなことが起こるなんて、と。影犬は思いもよらないときに私たちの前に現れ、なじんだころにはもう自分の行くべき道へと旅立ち、姿を消している。その出会いは偶然に似ていて、そんな瞬間がいつ私たちに訪れるかはわからない。影犬について知っていることを話しておくなら、その特徴は三つだそうだ。一。影犬は影でできた犬である。二。影犬は散歩をする。三。影犬は吠える。私たちが覚えておくべきことは何かというと、覚えておくべきこととは、それが目を閉じて開けると私たちに近づいてくるものだということで、一……影犬は、二……そして目を閉じたとき、三……で目の前に現れたのは思ってもみなかったもので、私たちは私たちに近づいてくる不可思議な存在を迎え入れないわけにいかず、それは影犬であり、影犬とは、一……影でできた犬であり、二……散歩……散歩だ、散歩をしなくてはならないんだ、そして最後に。

三。

目を開けて。

影犬がシオンを訪ねてきたのは八月の、夏の終わりに近いある午後のことだった。晩夏の午後の太陽は明るく、ゆったりして、こってりしていた。かぼちゃスープみたいだった。陽は斜めに差し込み、テーブルの上の円筒形の水入れを通過し、陽が通過した曲面の部分は電球のように光を放った。二匹の影犬は、テーブルの前に座って仕事をしているシオンに近づいてきた。二匹はおすわりをせず、テーブルの向こう側の脚の横に並んで立っていた。シオンはどこか遠くから犬が近づいてくる足音がすると思い、顔を上げてテーブルの向こうを見るとそこには二匹の影犬がいた。シオンの前に現れたのは影だけだったが、シオンは見るなりあの二匹だとわかった。一匹は白い雑種のとうふで、それより大きいのがゴールデンレトリーバーのトトだった。シオンが二匹にすぐ気づいたのは、その二匹と六か月以上も日に四、五時間とかもっと長く一緒にいたことがあるからで、二つ目の理由は、影犬に会ったのが初めてではなかったからだ。シオンの最初の影犬はピースで、ピースとどうやって出会ったかは、とうふとトトと散歩をしながら話すことになるだろう。もしかしたらそんな出会いを理解するのは犬たちだけかもしれないけれども。

シオンが初めてとうふとトトに会ったのは、全羅北道（チョルラプット）にあるカトリック教会の付属施設だった。シオンは以前の職場の同僚の紹介でそこで働きはじめた。当初は、採用されたとしても、信者ではない自分がちゃんと仕事ができるか心配だったが、そのことは意外と、特に問題にはならなかった。その後慣れてきて周囲を見回すと、一緒に働く人たちは、一年前に洗礼を受けた人を含めて全員、表向きは信者だった。ずっと働いていたらそれとなくやんわり洗礼を勧められるのではと想像していたが、その前に仕事を辞めることになり、その推測が当たっていたかどうかは確認できなかった。ばかげた話だがそのときは、自分は名前がシオンだから、プロテスタントであれカトリックであれキリスト教関係の場所にはすっとなじめるんじゃないかと思っていた。シオンがこの教会の付属施設で働いたのは六か月とちょっとで、最初の月は近くの宿舎で寝起きし、残りの期間は部屋を借りて暮らした。シオンの仕事は、公演会場と会議室から成る付属施設のレンタル業務で、仕事に慣れてくると、近くの聖地巡礼にやってくる信者たちの案内係も併せて担当するようになった。とうふとトトは教会で飼っている犬だった。犬だから、散歩して、食べて、遊んで、普通の犬と同じようなことをしていてもよかったはずだが、まるでそれが業務の一部であるかのように、聖地巡礼の案内をするときは必ずその二匹を一緒に連れていかなければならなかった。そのことは二匹ともよく理解していて、一緒に案内に出かけるときはふだんよりお利口で、気の持ちようの関係なのか、ふだんより目つきがピシッとして見えることもあった。

犬と一緒に案内をすることになったのには理由がないわけではなかった。この聖地には、百年ほど前に初めて布教のために韓国へやってきた外国人神父様を讃える記念碑と公園があり、信者たちはそこと、その近くの古い教会を訪れるのだが、それは、その古い教会に何年か前まで、犬好きでいつも犬と一緒に暮らしていた別の神父様が住んでいたからだ。

それで案内するときはいつも犬を連れていくのだと、仕事を教えてくれたシスターから聞いた。信者たちは、百年以上も前にこの土地に来て生命の危険の中で信仰を伝え、何年かのうちに病気で亡くなった外国人神父様を顕彰する公園を歩いた。人々は歩きながら、信仰について、壊れやすく揺らぎやすい信じる気持ちについて考えた。それでもある者は揺らぎながらも、傷んだところをさすったり揉んだり洗ったりして回復に努めながら、信仰を守り抜く。長い時間ではなかったが、信者たちはそんなことを考えながら歩き、頭を上げて周囲を見回すとときどき、公園の空気が少し前とは違って感じられることもあった。人々はそのようにして公園と公園内の記念碑を見て回った後、そこでしばらく過ごし、昔のその神父様よりもう少し想像がつきやすい、何年か前に亡くなった外国人神父様がいた古い教会に足を運んだ。シオンは教会ではなく公園から犬と一緒に案内を始めた。犬と一緒に巡礼をすることが前から知られていたためか、みんな自然に犬と一緒に歩いた。犬が怖かったり、犬が嫌いな信者もいるはずだが、シオンが働いている間に会った人たちはみんな犬が好きだった。とはいえいつもスタート前には、犬と一緒に行ってもいいかどうか聞いてから出発した。こんにちは。いらしてくださってありがとうございます。今日の巡礼は、教会の家族であるとうふとトトと一緒に行く予定ですが、よろしいでしょうか？ 挨拶とともに二匹の犬との巡礼が始まった。そうやってシオンは犬と一緒に歩いた。そしてときどき、五十年ほど前に朝鮮半島の南部に来て、独裁政権下でさまざまな苦労をしていたこの土地の民衆を助けようとした一人の外国人神父様を想像してみたりした。すると、彼がこの土地の人たちと同じくらい犬を愛したことも同時に思い出された。

――とうふは子供のとき、神父様と一緒に暮らしてたんですよ。

――何歳なんですか？

――えーと、それはね。

シスターは頭の中で犬の歳を計算していたが、誰かが呼ぶ声を聞いて急いで立って出て行った。シオンはときどきとうふと一緒に、神父様の写真と説明書きが貼ってある壁を見ては、とうふの年齢を途中まで計算した。とうふは八歳かもしれないし七歳かもしれず、十歳以上ということもありえた。誰かにとって、何歳までが子供といえるんだろう？

あるとき、日本の秋田にあるカトリック教会からお客様が来たことがあり、とうふとトトを見てとても喜んだ。その人たちの話では、秋田にもここと同じように秋田犬と一緒に巡礼をする聖地があるそうだ。そこには、単に神父様が犬好きだったというのよりずっと印象的なエピソードがあったのだが、つまり、火事が起きたときに神父様たちの命を救った犬がいたのだ。教会にはその犬を讃える銅像もあるんだそうだ。シオンが考えたのは、獒樹（オス）の忠犬説話［自分の体を川の水で濡らして主人を火事から守ったという忠犬の物語］のことと、へえー、そこで働けないかなあということと、秋田の教会に秋田犬がいるのなら、珍島（チンド）の教会では珍島犬を飼っているんだろうか　といったことだったが、外国のお客様を迎えて忙しい日だったので、あちこちから呼ばれて駆けずり回り、そんなことを考えるのはすぐにおしまいになった。けれども、銅像が立つほど偉い犬の話を一緒に聞いていたとうふとトトを見ながら、あんたたちは果たして……人を救うなんてことができるの？　ごはん食べて楽しく遊んでるようにしか見えないんだけど、そんなことが……できるの……？　もちろんそんな必要はないんだけど……とにかくそれは、犬好きな神父様がいたというのとは比べものにならない話だと思った。そのときはそうだったが、今になって考えてみるとシオンは、近所の教会に犬好きの神父様が住んでいたという話の方が好きだった。

　そうやって六か月以上一緒に過ごしたとうふとトトが影犬になって、何年かぶりにシオンに会いに来た。八月の末だったが、まだ夏なので二匹とも舌を出し、息をはずませていた。

シオンの最初の影犬であるピースは、死んだ後でシオンに会いに来た。ピースが死んで五年くらい経っていただろうか。日曜日の午後で、家族はみんな親戚の結婚式に行っていて、なぜか行きたくないと意地を張って一人で家に残っていた十二歳のシオンに、影犬になったピースが会いに来た。ピースは散歩に行こうとねだり、シオンはピースと一緒に散歩に出かけた。シオンはあるものを、つまり影犬といったようなものを完全に信じていると同時に、当然ながらそんなものはまるで信じないまともな人のふりをして、つまり他人の真似(まね)をして生きており、それは十二歳とはいえ人々の中で生きていこうとすれば身につけるしかない技術のようなものだった。だから影犬がピースであることを信じないわけがなかったが、同時に、それは他人には言えないことだということもわかっていた。それは秘密となり、心の奥に深く沈み、シオンはいつでも道を歩いているとき、犬たちが散歩に集まってくる公園で自然に交差する影犬のリードや、犬たちの群れの中で後ろを振り向くと影犬が消えたり現れたりする瞬間をはっきりと察知しないわけにいかなかった。シオンは、いつの間にか近づいてきて、親しげに自分の足の間に入ってくる影犬を見て嬉しくなる前に、もしかしてとうふとトトが死んだんじゃないかと不安になり、悲しい気持ちで二匹を眺めた。二匹は自分たちの前足でシオンの足を一本ずつ押さえて、散歩に行こうとおねだりしていた。えーと、ちょっと待ってよ、まだ教会の人たちとはつながっているし、電話して聞いてみようかとも思ったが、携帯に手を伸ばす前にシオンは犬たちの催促に勝てなくなり、楽な服に着替え、財布をリュックに入れてスニーカーをはいて家を出た。

夏の終わりの日は長く、シオンは犬がいっぱい散歩に来る近所の公園に行こうかと思ってから考えを変え、二匹を車に乗せた。犬たちは慣れた様子で後部座席に座り、窓から降り注ぐ日差しと、もうすぐやってくる寂しい季節の匂いをかすかに含んだ風を顔に浴びて喜んでいた。振り向かなくてもわかった。そこに犬がいる。犬たちは楽しんでいる。シオンは午後から夜に向かう八月のある一日を　その時間を　時間が含んでいる可能性と一瞬ごとのその本質をまるごと感じながら、犬と一緒に道路を走った。もうすぐみんな降りて、川沿いを歩き、走り、休み、また歩くことになるだろう。

その日影犬に会ったのはシオンだけではなかった。温陽（オニャン）に住むテシクのところにも影犬がやってきた。テシクとシオンは二人とも、冬眠者の健康状態を確認し、管理する冬眠ガイドの仕事をしていたが、二人ともテシクの兄であるテインのガイドをやったことがあった。先にやったのはシオンで、その何年か後にテシクがテインの提案で兄のガイドを務めることになった。二人はある時期一緒にいて、そして今は別々の時間を生きている。けれどもシオンはときどきテシクの存在を過剰なほどに生き生きと感じることがあった。それは影犬みたいにある瞬間に出現し、はっきりとそこにとどまってから消えるのだった。もちろんそれは影犬の出現よりもよく起きることで、このような一瞬に他の人たちにも起きる、つまり、ある人の存在がはっきり残っているために起きるとても平凡なことだということはよくわかった。でも、それがなぜすごく愛していた人とかずっと一緒にいた人ではなくテシクなのかがわからないというだけだ。そんなふうにしてシオンはよくテシクに会うことがあり、彼を鮮明に感じることができた。

テシクのところに来た影犬は一匹だった。テシクはその犬がどこから来たのかさえまったく想像できなかった。本当に初めて見る犬だった。けれども影犬は当然のように散歩を要求し、テシクはやむをえず犬を連れて外に出た。小さめでちょっとやせているけど体が長い影犬とテシクは、近くの小学校のグラウンドを歩いた。犬はグラウンドに向かう途中でも何度も立ち止まり、匂いをかぎ、自分の匂いをつけた。グラウンドに到着してからはしばらく歩き、またしばらく走った。

テシクは今も冬眠ガイドの仕事をしていたが、仕事の特性上、大まかに時間を決めておいて外に出るようにしていた。何日か前だったらたぶんこんな時間に、悩まずぱっと外に出るのは難しかっただろう。偶然だったのか、犬が知っていたのか、テシクが担当していた人の冬眠が昨日で全部終わり、新しい仕事は来週から始まる予定だった。こんな時間に散歩をするのは久しぶりだなあと思いながら、目の前に見えているこの奇妙なできごとの裏で、どれほどわけのわからないことがからみ合っているかと考えた。不思議なことを可能にするさまざまな偶然、けれども何だか、偶然だと思えばそれは変なことでもなくなるし、いろんなことがからみ合った結果でもなく、単なる偶然という言葉ですべて説明のつく一場面ということになる。

　テシクは考え深く悩みも深いたちだったが、わりと現実的な人間で、怪しいことを信じたり、目に見えないものを心の中で想像したり、思い描いたりしてみるような人間ではなかった。そのためシオンとは違って、影犬という存在をどう受け止めたらいいのか、最初からひどく困惑していた。だが影犬は目に見えるし、どこをとっても犬そっくりだ。テシクは目の前に見えるものを　目の前に現れて生き生きと動くものを信じないわけにいかなかった。影犬と一緒に歩きながらテシクは、どこか遠くに犬がいて、その犬が反射して影となっているんじゃないかと考えた。映画みたいなものといえるんじゃないか。どういう原理で映画館で映画を見ることができるのか詳しく説明はできないが、映画館で着席すれば頭の後ろで、闇と光の不思議な動きの効果によってフィルムに残った映像が回り、闇の中のスクリーンに映画が映し出される、それと似たようなことじゃないだろうか。一歩後ろに犬がいて、テシクにその犬を見ることはできないけれども、映画と同様、その犬が作り出した影を見ているのだ。もちろん、ここで後ろを振り返って見たところでテシクの想像通りに犬がいることはなかったが。または、誰かが影絵をやっているのかもしれない。街灯の後ろに座って手を組み合わせて犬の頭の形を作る人と、胴体を作る人。そのため影犬はあまりにも犬らしく、テシクはこの犬を犬として受け入れながらも、遠い遠いところで本物の犬がこんなふうに自分と一緒に歩いているところをしきりと考えるようになった。自分が見ているのは映画みたいなものだと思いながら。

犬とテシクは誰もいないグラウンドの中で、犬と人とリードが作り出すちょっとかわいらしい影になってしばらく歩いた。グラウンドを五周くらい回ったテシクと犬は学校を出て、もう暗い市場を横切った。夜も遅いので市場の中のお店はシャッターを下ろし、ドアも閉めていたが、どこからかよく熟れた果物の匂い　油の匂い　鶏の生臭い匂いなどがうっすら漂ってきた。犬は何度も立ち止まって匂いをかいだので、十分もあれば通れる道を歩くのに三十分以上かかった。テシクは市場を出て犬に引っ張られるままにいろんな路地裏を通って歩いた。だいたいの場所は想像がついたが、実際に入ったことのない路地のすみずみを、似たように見える家々の間をゆっくり通っていった。犬は何かを探しているみたいにくんくんし、真っ暗なところでは犬の姿が見えず、街灯の下や家の明かりが漏れてくる窓の下に来ると犬の姿が現れた。だが、暗闇の中でも、犬の足が地面に触れるときに立てる足音は一定のリズムで聞こえてきて、犬はときどきクーンと鳴いた。闇の中でもテシクには犬がいることがわかった。そうやってしばらく路地を歩いていた犬は、三階建ての集合住宅の前で立ち止まった。一。影犬は影でできた犬である。二。影犬は散歩をする。

三。

影犬はそのときから低い声で威嚇するように吠えはじめた。

テシクは影でできたリードを引っ張ったが、犬は路地の端っこの方に向かって猛烈に吠えた。右手でリードを握り、体を左にひねって、路地の入り口に向かって少しずつ移っていこうとしたときテシクが見たのは、長い影を持つある存在だった。何て大きいのだろう、影だけでは想像もつかなかったが、ものすごく長くて大きいものであることは明らかだった。長いマントをまとった人物のようだったが、影の色が普通の人とは違ってはっきりせず、濁って見えた。テシクは爪先立ちをして路地の端の家の塀の向こうを凝視したが、その人の姿は見えず、いったいどういう存在なんだか、どれくらい大きく、どんな姿勢をとっているのかさえまるで見当がつかない。そのときいつ現れたのか、テシクが立ち止まったところにある家の庭から二匹の猫が飛び出してきて、路地の端に向かって毛を逆立てて唸（うな）った。猫も唸るんだなあ、犬の唸り声とは比べものにならないほど厳しくなじっている感じだ。その濁った影の存在は徐々にテシクがいるところに近づいてきて、犬と猫はすっかり緊張したまま唸り、威嚇した。路地にいた他の猫たちも一緒に飛び出してきて唸り、対立し合う空間と時間の中でテシクは、それが誰かを傷つけに来た者であり、あの濁った影は誰かの命を奪おうとしているのだと感じることができた。しばらく猛烈に唸っていた猫が一匹、二匹といつの間にか音もなく消え、最後まで唸りつづけていた二匹の猫も家の中に消えると犬は歩き出し、来た道を引き返した。濁った影の存在が見えていた塀には黒く焼けた跡が残り、塀の向こうまで伸びていた木の枝は真っ黒に焦げていた。あの家に住んでいる誰かを連れ去ろうとしたのに違いないな。テシクは自分がこんなふうに思うことにあわてたが、実際に目の前で見たものを信じないわけにはいかなかった。私たちはそれを見たんだ。影だけだったが、私たちが見たのはまさにそれで、私たちの前に現れ、広がったのは影だった。

　シオンは駐車場に車を停め、二匹の犬も車から降りた。手には影犬のリードを持っていた。とうふとトトは愛情あふれるチャッチャッチャッチャッという音を立てて川沿いの道を歩いた。濃いオレンジ色の夕焼けが川を染め、まだ夏だけれどもうすぐ寂しい季節がやってくることを、遠くからゆっくり近づいてくる風が告げていた。川にかかった橋の下を通るとき、巨大な橋の影が犬たちを隠し、けれどもシオンは犬たちが一緒にいることを　そこにいるということを　全身がぴーんと緊張するほどはっきり感じることができた。向こうから嬉しそうな表情で近づいてきた犬たちは、シオンのまわりで影犬たちの匂いをかぎ、犬たちは互いに挨拶した。お互いの匂いをかいで喜んでいた犬たちは、飼い主がリードを引っ張ると振り向いた。そして、なごり惜しそうに後ろを振り返りながら去っていった。川沿いを歩いている間にあたりはだんだん暗くなり、暗くなりはじめるとそれに慣れる間もなく影犬の姿は消え、耳になじんだその足音だけがシオンを追ってきた。

しばらく歩いたとき、シオンはもう足音が聞こえないこと　聞き慣れた足音も困ったようなクーンというかわいい鳴き声も聞こえないことに気づいた。明かりのある場所に戻ってきたときも、とうふとトトがいないとひどくわびしい感じで、橋の下の暗闇の中でちょっと怖いと思ったがじっと立っていた。ピースがどんなふうに散歩を終えて自分の旅に出たか思い浮かべてみようとしたが、今日みたいな晩夏の午後だったこと　日曜日の午後に会いたくてたまらなかったピースと一緒に散歩をしたことを思い出せるだけだった。午後の時間が、その瞬間瞬間がどんな色と光で移ろっていくのか　空気や匂いがどんなふうだ

ったのか　十二歳のシオンは生き生きと感じることができた。シオンはしっかり暗記していた。まるで毎日練習していたみたいに昔の記憶が鮮明に蘇った。一。影犬は影でできた犬である。二。影犬は散歩をする。三。影犬は吠える。私たちが覚えておくべきことは、目を閉じて開けると影犬が私たちに近づいてくることで、一……影犬は、二……私たちと一緒に……大きく息を吸って……

三。

目を開けて。

向こうから白い大きな犬が飼い主と一緒に近づいてきて、シオンを見て小さく一回吠えた。シオンは、「三　影犬は吠える」と心の中でつぶやきながら、来た道を戻って歩きはじめた。二匹の犬と一緒に歩いた道を一人でゆっくり歩いていった。長い散歩を　その一瞬たちを　噛みしめながら歩き、ただ歩いているだけだった少し前までの一瞬一瞬に自分の中で生き生きと触れ、匂いをかぐことができた。風の匂いや光の色を蘇らせることができた。しばらく歩いて駐車場に着き、車を運転して家に帰ってきた。そこに二匹の犬がいたことを、犬と一緒に晩夏の午後の時間を過ごしたことをシオンは忘れていない。それは初めての影犬だったピースとの散歩のように、心の奥に秘密として残り、生き生きと存在している。家に着いてシャワーを浴び、寝ようとして横になったとき、明日は教会の人たちに電話してみようと思った。時間があるときにとうふとトトに会いに行ってもいいなと思いながら眠りについた。私たちが同時に別の形で存在しうるということを、つまりとうふとトトは教会にいながらにしてシオンに会いに来たのだということをシオンはよく知っていた。徐々に体の緊張がほぐれ、長く歩いたので脚がちょっと痛かったが、肩と手足の疲れがとれて、気持ちよく眠りについた。

影犬の特徴は三つです。シオンはそれが何なのか知っていたが、その瞬間には口がよく開かず、隣の人にそれは何ですか？　と尋ねた。尋ねるときも言葉が出てこないので、心の中で精神を集中させてテレパシーで聞くしかなかった。悪夢なのかな、きっとそうだよね？　と思いながら必死に精神を集中させて尋ねた。そのとき、どこかで聞いたことのある、低い、なじみのある声が、ラジオの司会者のように冷静に言った。はい　私が影犬についで知っていることをお話しいたしましょう。影犬という存在が持っている特徴は三つだそうです。低く、ちょっとワイルドな感じだが注意深い声であり、シオンは聞き覚えのあるその声に耳を傾けた。まずは一。影犬は影でできた犬であるということです。次に、二。影犬は散歩をします。三。影犬は吠えます。目を開ける前に思い出すべきことがあります。私たちが思い出すべきことは、私たちが何とつながっているのか　私たちは何を見ることができるのか　私たちが何を受け入れることができるのか　ということです。記憶すべきことは、それが目を閉じて開けたとき私たちに近づいてくるものだということで、目を開ける前にまずゆっくりと息を吸い込み、息を吐きながら、一……影犬は、二……何よりも私たちに散歩を要求し、息を吐き出し、そして。

三。

目を開けて。

テシクは予定通り冬眠を終えたシオンの状態をチェックした。マニュアル通りに数値を見て問題がないことを確認した。目を覚ましたシオンに必要な処置を施し、シオンの表情を見た。

――起きたね。何も問題ないよ。

――でも私、変なもの見たけど。

——何見たの？

冬眠を終えた人たちは普通、ただ寝ていて自然に目が覚めるときと同じように起きることがいちばん多い。だが、稀に長い夢を見る人たちもいて、場合によっては冬眠が記憶に何らかの作用を及ぼすのか、起きていないことを体験したと思い込んだり、記憶にわずかな錯誤が生じることもあった。テシクは、ガイドとして働いているシオンがこのことを知らないはずがないと思った。たぶん、冬眠から覚めて徐々に慣れた後なら、今、自分が言っていることを不思議だとか、ばかばかしいと感じるかもしれない。シオンはまだ眠りから覚めきっていない顔で、だがちょっと興奮した表情で、冬眠の間に見た夢について話しはじめた。

えーと、ある教会で犬と一緒に行く聖地巡礼というのをやってるの。私がその担当者なんだけど、ある日犬と一緒に近所を散歩してて、ある家族の住んでる家の前で怪しい影法師が待っているのを見るようになって……その影はすごく大きくて冷たくて怖いんだよ。誰が見ても死神みたいな影で、それ見たら私、怖くて体が震えちゃって、でも私と一緒にいた犬が、その犬はただの普通の雑種犬なんだけど、急に、めちゃくちゃ猛烈に歯をむき出して吠えるんだよ。しばらく吠えつづけたらそれが効いたんだか、その、死にとりつかれたみたいな影がだんだん反対側に消えてったの。それでようやく犬を連れて教会に戻って神父様にこの話をすると、神父様が私と犬を連れてって祈禱(きとう)をしてくださって。聖水を振りかけてくださって、そしたら急に緊張が解けて、それまでは大丈夫だったのに、急にがっくりきて、足に力が入らないんだよ。座り込んで教会の床に横になって目をつぶって……

テシクはシオンの体を起こし、必要な薬を与えた。さっきまで寝ていたシオンの顔は、端整で平和そうだった。でも、私たちが誰かの顔を眺めつづけるとき、変化のない顔というものは常に何か語っているかのようで、そのためテシクはガイドの仕事をしている間は冬眠者の顔をずっと見たりはしなかった。これはテシクだけでなく、冬眠ガイドの仕事をする人たちの誰もが言う、その仕事の特徴でもあった。だから知っている人のガイドは担当しないと言う人も多かった。テシクも資格を取った当時はそう決めていたが、仕事のスタートが兄さんのテインだったし、実際に兄さんのガイドをやってみると、仕事はやはり仕事にすぎないということがわかった。とはいえ知らない人のガイドの方がやりたくはあったけれども、知り合いからの依頼も断らないようになった。テシクは兄さんのガイドをしていてシオンと知り合い、その後しばらく会えず、何年かぶりにシオンからガイドを頼まれて会うことになったのだった。薬を飲み込んでからぬるま湯をゆっくり飲んでいたシオンは、また思い出したことがあるのか、焦った声で話を続けた。

――目を閉じていたら神父様が私の額に手を載せて、ゆっくり息を大きく吸いなさいって言ったの。怖いものを見た後だから、私は体がすごく緊張してて、言われた通りにしようと思ってもうまくいかなくて、とにかくただ横になったまま息を切らして、ゆっくり息を吸おうとして頑張ってたんだけど……私の横には犬がいて、神父様が私の額に手を載せて、その横にはシスターが来て私の手を握って、怖いものを見たときには思い出さなくてはいけないことがあるってゆっくり言ってくださったんだ。ものすごく平和な、信じられる声だった。ゆっくり説明してあげるからよくお聞きなさい。ってこんなふうにお話しされたんだけど……私たちが、自分自身と世の中をつなぐ紐（ひも）がゆるんだと感じるとき、思い出さなくてはならないことがあります。まず、一。目を閉じてあなたに会いに来る人を思い描いてください。二。彼らはあなたを散歩に連れ出すでしょう。そうやって一、二、三って数えるんだけど。

――三番目は何?

――三。

三。

目を開けて。

冬眠を終えたシオンはテシクのガイドに従って必要な薬を飲み、徐々に日常に戻るための準備をした。何日か後には体がかなり回復し、シオンとテシクはゆっくりと家のまわりを歩いた。久しぶりの散歩だった。テシクはシオンに、冬眠から覚めた直後に言ったことを覚えているかと尋ねた。

――もちろん、覚えてるよ。昔話みたいだと思ってたの、冬眠してる間もね。犬って本当に死神を追いかけるんだなあって。

まだ足の力が戻っていないシオンはゆっくりと足を運び、シオンとテシクの横を二匹の影犬が一人の女の子と一緒に通り過ぎた。女の子は手を前に突き出してリードを握った状態で二匹の影犬と散歩をしていた。女の子は見たことのある顔ではなかったが、ときめきでいっぱいの顔で、そういう顔は二人に、それぞれの時間の中で胸にこみあげる感情について考えさせた。そんなふうに、お互いの過去の時間を広げてみてから眺めている女の子の顔は、いつしか親しげな、優しげな表情になっていき、徐々に自らの進む方向へと遠ざかっていった。テシクとシオンは二人の前方へとゆっくり消えていく女の子と影犬を見た。テシクがシオンに初めて会ったとき、シオンはやせているけど肩幅が広くて力強い感じで、テシクはシオンと距離ができた後もふと、シオンの肩を思い出すことがあった。テシクはシオンの肩を見下ろしながら、そのときのことを思い出した。思い出してから、今も頑丈そうに見えるシオンの肩に手を載せ、それと同時にシオンの方では、子供のころに覚えたことも暗唱したこともなかった「主の祈り」同様、ずっと忘れていた文章をはっきりと思い出した。一……影犬は、二……私たちとつながっている時間について考え……彼らが導くままに、息を大きく吸って吐き出すとき。テシクはシオンの肩に手を載せたまま、いたずらっぽく耳元でワン！　と犬の鳴き声を真似した。

三。

目を開けて。

日曜日のために

約束の時間に遅刻した。足を早めながら、このますっぽかしちゃおうかなあ　会わないでおくこともできるよねと、何でそんな気がするのかわからないけどシオンはそんなことを考えた。白い息を吐きながら　約束の場所に向かいながら　今が冬のソウルであり、ここがどういう場所なのかはわかっているけど、ソウルは少しずつ少しずつ変わりつづけていて。久しぶりだからではなく、来る途中で空きビルをいっぱい見たせいか、あたりの景色も目新しく感じられた。一つの路地全体が取り壊し予定になっていて、いたるところがシートで覆われていた。移転先の地図がマジックで書かれ、店の名前や携帯番号がその横にある。人々が立ちのき、追い出されていた。カナダから帰ってきたシオンはこの流れが満ち潮なのか引き潮なのか、何らかの自然なことなのか、または完全にその逆なのかわからないと思いながら、世運商街（セウンサンガ）［ソウル中心部にある総合家電商店街］の近くでテシクに会った。先に着いていたテシクは反対方向を見ながら白い息を吐いている。テシクに向かって手を上げて短く挨拶した。シオンはテシクに軽く近況を尋ねると慣れた感じで工具屋街や印刷会社のある路地の方へ行き、テシクは静かにその後に続いた。遠くから工事の音が聞こえてきて、その音は二人が屋内に入るまで続いた。シオンがテシクに初めて会ったときと同じように冬で、寒波注意報が出ている日で、けれどもしっかり備えていたせいか、思ったほど寒くはないと思った。寒いってめんどくさいことだな　と、何でそう思ったのかわからないが、たぶん手袋を脱いでポケットに入れたりまたはめたり、そんなことをくり返したからだろうか。

シオンはカナダからテシクに手紙を書いた。ガイドの仕事をしている間にできることというと――ストレッチ、読書、編み物、家計簿の整理、日記を書く、そして手紙を書くことがあり、シオンは広くて静かな部屋で冬眠者を見守りながら手紙を書いた。何が適切で何が適切でないかまたはやったらだめか。読書はよさそうだけど、テレビを見るのはだめそうだ。手紙はいいけど長電話はだめだと思う。長時間一人でいることになるが、神経の一部は常に冬眠者に向けていなくてはならないからだ。体と精神の一部はしっかり緊張していなければならない。音も聞かなくてはならないし、ときどき顔を上げて様子を見なければならないが、テレビやラジオの視聴は何かと気が散りそうだ。シオンはカナダで冬眠予定者の一人を紹介され、その人のガイドを担当した。そのガイドをしている間にテシクに手紙を書き、それを集めておいて、ガイドの仕事を終えてかなり経ってから、メープルシロップやトレーナーなどと一緒に小包にしてテシクに送った。それを送る段になってシオンは初めて、これがテインではなくテシク宛てに送るものであることを意識した。ちょっと気まずいなとも思った。Sion という名前と Taesik という名前をテインが読むかもしれない。テシクはこれを一人で開けるだろうけど、ドアの向こうにはテインがいるという思い　つまりテシクに送るものだがこの箱が届くところにテインがいるという思い。シオンにはテインとテシクがお互いを見ない場面　二人には見えない風景が一瞬見えるような気がした。だけどこれも全部思い違いかもしれないしなあ　完全な勘違いかもなあと思いながら小包を出した。

シオンは古い商店街にある事務所にテシクを連れていった。友達のアトリエなのだが、冬の間は友達が済州島（チェジュド）に行くので今はシオンが使っている。階段を上るとき窓の向こうに、工事中の世運商街近くのビルや、築何年だか想像もつかない老朽ビルの低い屋上や、名刺や記念品を印刷・製作する会社の看板が見えた。その合間合間に、最近入居した若い人たちが経営するレストランや服屋、書店があり、たぶんなになに貿易とかなになに商社というのであろう小さなオフィスの窓も見えた。工事の音を縫って、上の階から音楽が流れてきた。

――小包ありがとう。

シオンはテシクの様子が以前とはちょっと違って見えると思った。すごく親しみがあるのに、ちょっと知らない人みたいでもあった。距離が感じられるが、それでも向かい合っていると安心する。前よりやせたみたいだったが、顔は前より穏やかに見えた。テシクはしばらく地元に戻っていて、小包は昨日受け取ったばかりだと言った。地下鉄の中で手紙の前半を読みながら来たと。ごめん、何を読むのにも時間がすごくかかるんだ……古い事務所の空気は冷たく、電気ストーブが事務所の真ん中で空気を暖めていた。ここも以前は貿易会社の事務所だったんだって。前の会社が置いていった事務用キャビネットといくつかのパーティションが、ここを適度に事務所っぽく見せていた。シオンは窓をすっかり開け放ってお湯を沸かした。寒いけどちょっとがまんしてね。テシクはストーブの前のソファーに座り、シオンは自分の席らしい机の前に座った。

――今、ここで読んでもいいよ。

――本当に？　気まずくない？

——気まずくない。恥ずかしくない。私も気になるもん、何て書いたか。書いたのがずいぶん前だから、たぶん全部忘れてるし。

——そうかな。じゃあ読んでみようか？　いや、読んでくれる？

シオンはコーヒーを飲むかと尋ね、テシクはうなずき、しばらくしてシオンはソファーの前にカップを二つ置いた。シオンはテシクが読んでいた手紙を受け取り、ソファーに座ってしばらく読んでいるようだったが、続いてそれを、本を読むときみたいに朗読しはじめた。

〈私がやることになった仕事を説明してあげるね。一つはガイドの仕事で、一つは翻訳の仕事だよ。〉

テシクは目をつぶってソファーに背を預け、シオンの手紙を聞いた。シオンはコーヒーを一口飲んで、さっき読んだところをまた読んだ。

〈私がやることになった仕事を説明してあげるね。一つはガイドの仕事で、一つは翻訳の

仕事だよ。私がその仕事を任されたのは……〉

シオンがカナダに行って半年ほど経ったころ、教会で知り合ったスジョンに、話があるから家に寄ってもらえないかと声をかけられた。スジョンとは何度か会ったことがあるだけだったが、何となく周囲からちょっと浮いてる感じのする人で、それは自分もあんまり変わらないとシオンは思っていた。スジョンはシオンのビザの種類やガイド資格の種類、通っている学校について尋ねた後、こっちでもガイドの仕事をやらないかと尋ねた。

——私もガイドの仕事をしてたんだよね。今はやってないけど。

——スジョンさんがやってもいいんじゃないですか？

——私はもうやれないと思う。お酒飲んだらできないでしょ？　緊張が必要な仕事はもう無理。

スジョンはもうコニャックを注いで飲んでいて、シオンは、そういう見方はよくないとわかっていたけど、アルコール依存症の人ってときどき冷たいぐらい人のことをよく見てるよなあと思った。姉さんと一緒に教会に通ってはいたが、シオンにとって教会は気楽だけど気詰まりで、どうして気楽であると同時に気詰まりでもありうるかというと、楽だ楽だと思っていれば楽になるから楽なのであり、そういうときしか楽じゃないからだ。たぶん、姉さんがいなかったら行かなかっただろう。スジョンに初めて会ったのは教会だが、実際に教会で会ったのは最初の一回だけで、それ以外にはスーパーで二回、それとカフェで一回で、なぜかこの人は他の人よりつきあいやすいと思った。シオンがそう感じていることをスジョンも見抜いていたのだろう。スジョンは、年の離れた弟が刑務官として働いていて、そこからの依頼で、韓国人受刑者の手紙や韓国から家族が送ってくる手紙を英訳する仕事をしているのだそうだ。

――仕事がいっぱい来たら、それも回してあげる。
――私には無理じゃないですかね。英語で書くのは、難しいと思います。
――簡単な文章でざっと内容を伝えるだけだから、思ったよりいい仕事だと思うよ。

スジョンはまたグラスに酒を注ぎながら、とにかくまず、こんどの冬眠予定者には会っておくのがいいと言った。三十二歳の韓国人女性だそうで、韓国で冬眠をした経験があり、結婚を控えており、結婚式を終えた後に二週間冬眠する予定だと。久しぶりのガイドだし、冬眠者が韓国人だとはいえ外国での仕事だからシオンは多少気が重かった。でも、お金になる仕事を全くしないわけにはいかないし、前にやったのに比べて報酬も条件も明らかに良かった。

——でも、相手の方はどうするんですか？　結婚してすぐに冬眠しちゃったら。

スジョンはいつの間にか空になったグラスを満たすと、相手は囚人だと言った。

——ボランティア活動で知り合ったんだって。私も立ち会い人として結婚式に出るの。式が終わってから紹介するよ。

スジョンは、刑務所側の配慮によって相手も同時期に冬眠をするのだと言った。すごい気遣いだよね？　スジョンは笑いながらシオンを見た。シオンはこの件を断らないだろう。スジョンもそれを知っていてシオンに提案したのだ。シオンは、自分は承諾するだろうとわかっていながら、その瞬間スジョンに抗いがたい力が備わっていることを感じた。強制されたわけではないがなぜか断りにくい強烈さがあり、シオンは少しの間、自分が今感じている強烈さを見つめた。スジョンの視線を避けずにそのまま受け止めた。でも、見つめてみてもこの人の力がどこから来るのかはわからず、スジョンはそのときどきで思いついたことをそのまま実行したり、決定する人なんだとシオンは感じ、それがこの人の力なんだなと、ひとまずそう思い込んでみることにした。

——じゃあ、相手の冬眠は誰が担当するんですか？
——刑務所内に資格を持ってる人がいるみたい。外の人には頼まないんだって。

話の合間にお酒を飲み、グラスを満たし、そうこうしながらオーブンに入れたラザニアをチェックしていたスジョンは、タイマーが終了する音と同時に立ち上がってオーブンからラザニアを取り出し、皿においしそうに盛りつけた。オレンジの載ったサラダがいい位置に置かれ、スジョンはシオンに飲み終わったリンゴジュースをもう一杯飲むかと目で尋ねた。

——私も一杯いただきたいな。何のお酒でもいいです。

スジョンはワインを持ってきて注いでくれた。二人は、やるべきことは全部やったし話すべきことは全部話したというようにゆっくりラザニアを食べ、スジョンはラジオをつけ、クラシック音楽の局にチャンネルを合わせた。食事を終えるとスジョンはモカポットでコーヒーを淹れ、二人はコーヒーを二杯も飲み、クッキーを忘れたとスジョンが言い、プレゼントにもらったというクッキーの箱を取ってくるために立ち上がり、シオンはそのときやっと帰宅したスジョンの弟を紹介され、弟はラザニアの残りを冷めたコーヒーを飲み干すように平らげた後、シオンを送ってあげると言って車のキーを持って立ち上がった。早い時間から会ったためか、まだ九時にもなっていなかった。シオンの弟がエンジンをかけたとき、開いていた窓から冷たい夜の空気が感じられ、ワインのせいか顔が熱かった。誰かが呼ぶ声がして振り向くと、シオンが忘れていったマフラーを持ってスジョンが走ってくるのが見えた。どっちが先だったのかな。暗い夜の窓の向こうにスジョンが見えたが一瞬で消えた。走ってきたスジョンは転び、あわてて停めた車は揺れ、弟はごめんなさいと謝り、二人は急いで車のドアを開け、スジョンはすぐに立ち上がってマフラーを渡した。手のひらには血がついていた。シオンは渡されたマフラーを結び直すこともできず、バッグに入れることもできず、家に帰る間じゅう手に持っていた。まだ寝るには早い時間だったがなぜか疲れて、シャワーを浴びてすぐに寝てしまった。

翌日スジョンは、翻訳を依頼された手紙を封筒から取り出してテーブルの前に座った。シリアルを食べるときに使う大きなカップに紅茶のティーバッグを二個入れ、お湯を注ぎ、紅茶の香りを吸い込みながら手紙を広げた。手紙を送ってきたのはキム・ネスン、手紙を受け取ったのはチョン・ヒョンだった。

おばあさんの代理で手紙を書く。おじさんだよ。おまえもそこで自分の義務を果たしているることと思う。私もおばさんも、おばあさんの世話をしながら苦労して暮らしている。おまえがお手上げなのと同じように、うちも処置なしなんだ。だから一日一日を頑張って生きてほしい。おばあさん、おばさん、おじさん、みんな健康だ。

スジョンはまず手紙をタイピングし、一文ずつ順に英語に翻訳した。二通とも終えてから飲むことにしていたので、心はますます焦った。

奉賢寺(ポンヒョン)のお坊様がお守りを書いてくれた。おばあさんが毎週お寺に行っている。今回は毎日、朝早くから行っていらしたんだよ。そして、身につけられるものをとお願いしてくれたんだ。

封筒の中にお守りはなかった。お守りはどこへ行ったのかと少し考えながら、体に気をつけるように念を押して締めくくる手紙をスジョンは翻訳し終えた。次の手紙はもっと短かった。子供と引っ越すことになったという内容だった。あと一行だけ　あと一行だけあと一行だけやればいいと自分に言い聞かせながらやっていったら全部できた。グラスにお酒を注いでソファーに横になり、お守りはどんなものだったのかちょっと考えてみた。たぶん、封筒の中にお守りが入っていたら、とっちゃいたいと思っただろう。実際には盗まないだろうけど。私がそれをしばらく懐に抱いていたら私に良いことが起きるだろういや、悪いことが起こらないだろう　と一瞬、そんな気がして、懐にお守りを持っているみたいに腕で自分を抱きしめた。もうこれ以上私に悪いことが起きないといい　私が病気になりませんように。それから……。昨日腕と手のひらに塗った薬の匂いがコニャックの匂いと混ざって漂いはじめた。

何日か後、スジョンは久しぶりにスーツを着て弟と一緒に弟の職場に向かった。麻薬販売と殺人の罪で服役している収監者との結婚を決めた韓国人女性の結婚式に出席するのだ。

二人の愛は真実の愛であり、二人は互いに信頼し合っているということを証言し、誰かがそれを疑うならば、二人の関係は信頼と愛で結ばれたものであって、自分はそれを目撃したと証言することになるだろう。

天気が良く、日差しはきらめき、心地よい風が吹いていたが、空気は何となくひんやりしていた。たぶん少し緊張していたのかもしれない。車から降り、前もって出てきて待っていてくれた職員について弟と一緒に事務所の中に入っていった。注意事項の説明を受け、書類に何度もサインをし、持ち物検査を二回受けてようやく式場に入ることができた。式場は703という札が出ているだけの広くてがらんとした事務所で、中央の机を間に置いて新婦新郎が、つまりちょっと緊張している若い女性と、どことなく悲しげでぼんやりして見えるやせた年配の男性が立っているだけだった。だが、事前に聞いた情報では男はスジョンより若いはずだ。彼らの後ろで牧師らしき男性が弟の上司と話をしている。スジョンは説明された通りに新婦の後ろに立ったまま新婦の肩を軽くたたき、きれいだとささやいた。ときが経てば、今日の出来事をちゃんと正確に振り返ってみたくなるかもしれない。車を降りるときから緊張していたせいか、やがて、自分でも気づかないうちに何か耐えがたい気分が破裂しそうになり、不安がつのった。ただもう決められたことを早くやり終えて家に帰り、お酒を飲みたいと思うばかりだった。お酒のことで頭がいっぱいで、誰かがちょっかいでも出したらバーンと破裂しそうだった。もう本当に本当に緊張状態には耐えられない。まさか予想もできなかったな　このことで私がこれほど緊張するなんて　ほんのわずかの余裕を絞り出し、しばらくの間、考えるという行為をやり、一瞬一瞬、自分自身の状態をテストしなくてはならないことにも慣れたと思っていたのに全然そうではなくて、そのことが少し悲しかったし、私は完全に　つまり完全に……全身が悲しみに浸ってしまう寸前に、職員の指示に従って、はい　私は二人の婚姻を証明します、このことには少しの偽りもありません　と言った。牧師の祝福は思ったより長く、スジョンはすごくお酒が飲みたくなり、まわりを気遣いながらみんなと挨拶を交わしている弟を見ているとめまいがしてきて、早く家に帰りたいと小声で言った。どうやって車に乗り込み、家に着いたのだろう。気づかれたくないと思いながら家に着き、余裕ありそうに弟に笑ってみせてから部屋に上り、椅子の後ろに置いた飲みかけのワインをコーヒーカップに注いで飲み、横になった。ベッドはいつも居心地がよく、明日はシオンと新婦を引き合わせなければならない。

結婚式場は光に満ちていた。テインは結婚式場の中にいるわけでもなく、といって遠くからそこを見ているわけでもなく、少し距離はあるがよく見える場所から式場を眺めていた。冬眠中のテインが見ていたのはシオンの結婚式場だった。そこは本当に結婚式場だったのか、それとも前に行ったことのあるカトリック教会だったのか、あるときはただ広いテーブルが用意されているだけのこともあった。広いテーブルには誰も着席しておらず、何も起こっていないのに、テインはそこをシオンの結婚式場だと思った。白いテーブルクロスで覆われ、窓からは斜めに日差しが降り注ぎ、とても遠いところから音楽が聞こえた。その場でライブ演奏しているみたいなピアノとヴァイオリンの音が遠くから聞こえてきた。シオンが結婚するんだな。君はどこで誰と一緒にいるんだ。冬眠中、テインには常にシオンが見えていた。もちろん、他の冬眠者やガイドはこのことを別の言い方で呼ぶはずで、よくある現象というか一種の錯覚と説明するだろう。だが、冬眠中のテインは常にシオンを強く感じることができた。見ることができた。それを確信したのは、シオンがテインのガイドを務めたときだった。テインはシオンの動きを、その流れを生々しく、しかし心地よく感じることができ、二人を結ぶ流れはどこかで穏やかな波のように動いていた。ある面でテインは冬眠中の自分の状態を意識していたわけだから、これを望ましい冬眠といえるのかどうかはわからない。でも、テインのいた場所は快適で爽やかで、シオンの感情の流れは雨音が聞こえるように、コーヒーの香りが広がるように、疑いなく鮮明に感じられた。だが怒りも不快さもなく、辛くなかった。自然な感じだが少し悲しく、そのため心地よかった。テインには自分が使っている枕とベッドが見えた。前から使っていたものではないが、ここでは自分のものだった。テインが、テインとシオンが、または何らかの力が作りだしたそこは、テインが持っていたことはないがよく知っている場所だった。そして、そこはどこかに存在するのかもしれないが、今の二人がそこに留まることはできない。それは過去とも思い出とも言えない、もしかしたら何度もよみがえる可能性なのかもしれないが、何度もそんなことはできないとテインは考えていた。過去のことだと受け止めていた。そのことを自分に向かって正確に説明し、結婚式場のドアを閉めて出てきた。人は誰もおらず、光だけで満たされていた。振り向くと、首筋や背中にも暖かい日差しが降り注いでいた。

〈何日か前に結婚式を挙げたという新婦の顔を見たんだ。何か気がかりなことがいっぱいあったのか、眉間のしわが目立ってて、その、しわの動きでできた表情は何だろうかとしばらく考えてみた。寝たのに寝そびれたみたいな顔だと、初日はそう思った。〉

シオンは冷めたコーヒーを飲み干し、まだ目をつぶっているテシクを見た。シオンは手を上げてテシクの額に当てた。手のひらにテシクの息が感じられた。ここに眉毛があり、ここに顔があるということが、熱くも冷たくも感じられた。よく知っていると感じていた顔が一瞬、理解できないもののように感じられ、そんな気持ちで眉毛を撫でていた手を止めたとき、目を開けたテシクはシオンの手の上に自分の手を重ねた。二人の手で覆われたテシクの顔を見て、シオンはカナダでテインに会ったことを思い出した。二人は全然似ていないと言っていたけど、向き合ってその顔を見ると、ときおりもう一人の記憶が呼び覚まされた。もしかしたら、そんな思いはいつも相手に見抜かれていたのだろう。そうかもしれないと今にして思い、すると重ねた手で自分の顔を隠したくなった。けれども、隠された顔だってものを言いつづけていたのだ　ずーっと。シオンは二人の手とその向こうの顔と、それが語るものを見た。

　翌日、眠りから覚めたスジョンは、ワインひと瓶を半分くらい空けた後でシオンに電話し、会う約束をした。その日の午後すぐに三人は会うことになった。スジョンは先に家に来たシオンに、冬眠は近くのホテルでやることを伝えた。

――新婚旅行のようなものだと思ってるみたい。それで、一人暮らしだけどホテルを選んだんだって。

――あー。結婚後に一緒に冬眠するカップルがいなくはないって、私もときどき聞きましたよ。

――そうなの？　同じ夢を見るわけでもないのにね。

――そうなのかな……そうですよね。

冬眠予定者の名前はキム・ミョンジュといった。ミョンジュは道に迷ったのか遅れていて、シオンは緊張のせいかやたらと水を飲んだ。スジョンはお酒を飲みたかったががまんしており、でもいつまでがまんできるかな　ミョンジュが来て挨拶して、雰囲気がほぐれたらワインを勧めてもいいかな。チーズとクラッカーを何枚かお皿に盛れば、それなりに気配りしたように見えるかもしれない。シオンはこの仕事を引き受けるつもりだったが急に断りたくなった、なぜなら冬眠者とガイドはときどきあまりに密着してしまうことがあるから。テインと過ごした時間がいっとき思い出されたが、今はほんとに誰の影響も受けたくなかった。スジョンが、緊張するような仕事はしたくないと口ぐせみたいに言うのと同じく。ここまで来てそんなことを思うのは、ミョンジュが、囚人と結婚すると決心した人であるからで、シオンはそんな人に会ったことがなく、それが漠然と怖かった。カーテンの向こうで起こっていることを見てしまいそうで、ゆっくりとそこに巻き込まれていきそうで。これはただの仕事だとわかっていても、不安を拭い去ることができなかった。スジョンとシオンがそれぞれの理由で不安をぐっとこらえているとブザーが鳴り、スジョンの弟が、やせて背の高い女性と一緒に入ってきた。

——近くまで来て、迷っていらしたんだって。

スジョンは女性に近づき、その肩を抱きしめた。スジョンはその人より小柄だったが、スジョンが抱かれているという感じはしなかった。スジョンの太い腕がしっかりと女性の肩を抱きかかえていた。シオンは不安を抑えて、笑顔で挨拶した。スジョンの弟は黙ってソファーに座って携帯を確認しており、スジョンはミョンジュとシオンをお互いに紹介した。スジョンは紅茶を出し、軽く挨拶を済ませた二人は、冬眠の条件と持ってきた書類を確認した。やや急いでいる感じで契約書を作成し、ミョンジュは署名した契約書を明日、近くの病院に提出すると言った。

——ボランティア活動で出会われたんですね？

——はい。

ミョンジュは不自然なほど短く答え、しばらく黙っていたが、やがて何か言うべきだと思ったのか、ちょっとしてから話を再開した。

――お聞きになったかどうかわかりませんが、事故だったんです。故意でやったことではありませんでした。私はですね。私はほんとに、あの人を信じています。私だけがそう思ってるんではないので、実際に事件について調べてみてください。

――いいえ、私もそう聞いていますよ。

シオンは、自分はこのことを少しも気にしていないというジェスチャーをすべきかどうか一瞬迷ったが、やめたほうがよさそうだと思った。スジョンは書類作成が完了したことを確認してからチーズケーキとワインを持ってきた。ミョンジュはお酒を全く飲まないというので、シオンはちょっとだけ飲みますと言って一口飲んで終わりにした。スジョンだけがさっさと一杯空けてもう一杯注いだ。冬眠は一週間後、近くのホテルでスタートすることにした。シオンは挨拶を済ませた後、近くで約束があるからと言って先に立ち上がり、スジョンの家を出た。何か取り返しのつかないことをしてしまったような気がした。こんな気持ちは大げさだし、無駄な心配だとわかっていても不安は消えず、シオンは公園や街を歩き、もっと取り返しのつかないことを取り返しのつかない方向へ向かってやってみたいという気がちょっとして、何考えてるんだろうと不安になり、自分を駆り立てている流れを変えようとしたがうまくいかなかった。食料品店でバタービスケットとアップルサイダーを買って姉さんの家に帰った。ドアを開けてくれた姪っ子がいきなりシオンの足に抱きついてきた。シオンも姪を抱きしめ、姪を抱いて部屋に入り、一緒にビスケットを食べた。人には形があって体臭があり、人は触ることができ、姪はいつものようにシオンの隣でひっきりなしにいろんな質問をする。それでシオンはその夜、眠ることができた。

シオンは引き受けた二週間の仕事をやり終えた。何の無理もなくやりとげた。無理なくやってのけたという説明は適切ではないが、実際、何ごとも起きなかったし、仕事はきわめて無難に終了した。心配とは異なり、むしろ楽な部類で、やりとげたというより、やることをやっただけと言うべきかもしれない。シオンは見慣れないミョンジュの顔を、事実知らない人なのだから見慣れていないその顔を見ながら、もちろんあるときに、この人のことはわかっちゃったという錯覚に陥る瞬間は間違いなく訪れるのではあったが、そういう感情も含めて以前と同じようにガイドの仕事を終えた。学期が終わって休みに入り、何日か休んで勉強をしようと思っていたときテインから連絡があった。もう冬眠には飽きたから、昔の人たちみたいに旅行をしようと思ってね。シオンにはそれがジョークであることがわかり、ジョークに続けてカナダに寄るというメールを読み、すぐに返事を送った。旅行が終わったらまた、すべてに飽きたことがわかるんでしょ？　だから、飽きるって言葉はあんまり使っちゃいけないんだよ、あなたはもうさんざん使っちゃってるけどね。メールを送り終えると、さっき送信者の名前を見てびっくりした気持ちは徐々に収まってきた。思いがけない名前で、久々すぎると思ったが、ただ嬉しかったし、思ったより悲しくも辛くもなかった。

——何で黙って行っちゃったの？

何週間かしてカナダに来たテインに会い、以前と同じようにおいしいものを食べ、笑いながら話しているうちにこう言われて、シオンはそれがどういう意味なのか手探りし、考えてみたが、すぐに答えが出てこなかった。黙殺したわけでもなく、言い訳をしたかったわけでもない。ただ、本当に自分は黙って行ってしまったのか、何も言わずに行っちゃったのはテインじゃなくて自分だったんだろうかと一瞬考えた。

——黙って行ったんじゃないよ。

——わかってるよ。それに、黙って行ったっておかしくないし。

テインは笑いながら軽く答えた。その言葉は、二人が長い間会わなかったこと、そしてもう以前のような形では会えないことを改めて嚙みしめさせた。

——一度こう言ってみたかったんだけど、言ってみたらこれ、まるでだめな言い方だね。

二人はまた笑いながら食べていたものを食べ、水を飲み、何度かグラスを空け、話し、コーヒーを飲んで席を立った。シオンはテインの泊まっているホテルの前で手を振った。不思議なことにここが　この都市がふと以前とは違って見えた。出張に来たらしいスーツ姿の人々がスーツケースを引いて通り過ぎた。疲れているときほどわざわざ戦闘性を発揮して、素早く自動ドアを通過していた。彼ら全員が姿を消した後、テインは微笑(ほほえ)みながらゆっくりホテルへ入っていった。手を振っていたシオンもすぐにきびすを返して家に向かった。歩きながら、だけど本当に何も言わず出発したのは正しかったと、一度もそんなふうに思ったことはなかったが、今はそんな気がして、だって人は無言で去る以外にどうやったら他の人から離れられるのかと思い　他にはやりようがないんだろうとも思う。何となく肌寒さを感じ、バッグからマフラーを取り出し、歩きながらマフラーを首に巻いた。テシクに会うたび、すごく違うのにどことなくテインを感じることがあったが、久しぶりにテインに会うとそれは全部勘違いで、二人は完全に別の人だよと誰かが冷たく言い、その人がテインなのかシオン自身なのかそれがよくわからない。その日は疲れていてそれ以上は考えられず、やっとのことでシャワーを浴びるとすぐに眠りについた。姪っ子が、おばちゃん？　と言いながら目を覚まして飛び出してきた。シオンのベッドで、シオンは姪っ子を抱っこして眠りについた。朝、姪っ子に起こされたが起きられず、姉さんが隣で、シーッ、おばちゃんは疲れてるんだよと言ってドアを閉めて出て行く音をうとうとしながら聞いた。

そのときのふんわりと安らぎに満ちた部屋の空気を思い出すとシオンは、ストーブのそばにいても急に事務所の中が寒々と感じられた。手を離して起き上がり、お湯を沸かした。窓に近づくと、上の階のヴィンテージショップでかけている音楽がかすかに聞こえてきた。その店のオーナーは若い女性で、以前、上の階のトイレの工事をするときに顔を合わせたことがあった。もの静かで優しそうな、工事中だからしばらくここを使いますと言っていた顔が思い出された。まだ一度も行ったことがないなあ　音楽を聞いているともう工事の音が聞こえてないことに気づき、友達が帰ってきたら一緒に上の階を見に行ってみようかと思いながら振り向いた。お湯が沸き、白い湯気を吐き出し、この湯気は暖かい色だなと思い、その向こうのテシクはいつの間にか寝ている人の顔になっていた。テシクの寝顔を見たことがあったかな。ふと、テインの寝顔はどんなだったかと思い、テインの寝顔とテインの冬眠中の顔は違っていたのか　自分はその両方を知っているのかどうか思い出そうとしてみたけれど、どっちも思い出せる自信がなかったよ。寝顔は暗いところで見るんだもの、すぐには思い出せないよね。だけど……お湯をまたコップに注ぎ、目を覚ましたテシクは手で顔を撫で、窓を指差す。

――雪だ。

雪は埃のように小さくて細かかった。

――ほんとだ。大した雪じゃなさそうだけど、いいね。

テインはホテルのドアの前に立ち、身をかがめてマフラーを取り出すシオンの後ろ姿を眺めた。ある日、雪の降る道を二人が一緒に歩いているのをテインは見たことがあったが、雪は降っていても寒くなく、シオンはゆっくりと雪を踏んで歩いていた。木の葉に積もった雪をいたずらっぽく揺らしながら、そのときシオンは横にいる人と笑いながら道を歩いていた。テインはだんだん小さくなっていく目の前のシオンを見ながら同時に、雪道を歩いているシオンを見た。道端の木を軽く揺らし、手袋を脱いでわざと雪に触り、雪玉を作りながら笑い声がこぼれるのを。テインは立ち止まって眺めてから部屋に上っていった。

しばらく一緒に並んで雪を見ていた二人は、そろそろ外に出て夕食を食べることにした。雪はうっすらと舞い散っては消え、ビルの外に出ると何の痕跡も残っていなかった。けれども、空気中に漂う水の匂いは今日雪が降ったことを物語っており、雪が降った日は雪が降らない日とは違うよね　と二人のどちらかがそんなことを思ったが、その思いは空中に散らばり、それが二人のどちらの思いだったのかはすぐにわからなくなったが、散らばった思いはどこかに全部あるよという言葉がどこからか聞こえてきて、では、その言葉は誰が言ったのか。けれども間もなくぼたん雪が降るだろう。シオンはなぜかそういう予感がして、やがて積もる雪が見えているみたいに用心深く歩いていった。

旭川にて

寒い地域では冬眠をする人が思ったより稀で、それはたぶん冬というもの　寒さというもの　冬と寒さが連れてくる多くのものがそこの住人にとってはあまりに普通で、不変の条件として当たり前に受け入れられているせいかもしれない。札幌に到着するとまわりの人たちの服装が意外に軽く、私一人がしっかり厚着のような気がしたけれど、本当にみんな寒くないのかなあ、軽めの冬用コートを着たおばあさんやスカートの短い女の人たちを見ながら、ここの人たちは本当に寒くないんだろうかと考えた。そんなわけない。ここで会社勤めをして十年になる友達のユンテは、そろそろ冬に慣れてもいいはずだけど実際には全然そうならないと言っていた。いまだに相変わらず寒いし、いつもいっぱい重ね着して、いつの間にか日が短くなってくるとだんだん憂鬱になるという。だけど冬眠をする気にはなれないと。その代わりというべきかわからないけどカウンセリングを受けたり、何だか無駄にネットで買ったりして長い冬を過ごすそうだ。自分はそんなふうにして、寒い、日が早く沈む時期を耐えているけど、毎年ひどくなっていくみたいで全然慣れないよと話していた。

——ここで生まれ育った人でもそうなのかな?

——さあね。わかんない。これが基本だと思ってるんじゃないかな。寒いけど、寒くて当然って。

ユンテが札幌に行った後はメールやメッセンジャーでやりとりするだけで、今回けっこう久々に会うことになった。何年経ったんだったかな。いつも遊びに行きたいと思っていて、旅行ではなくガイドの仕事で行くことになった。今回ガイドを務めることになった相手は何年かぶりに連絡をくれた友達のソンジュで、子供時代から青少年期まで札幌に住んでた人だ。ソンジュのお父さんは札幌の大学の歴史学科で教えていたので、お母さんとの三人家族で札幌で暮らしていた。ソンジュ一家は札幌にいたころ、週末や休日にはたびたび旭川の知人夫妻のところに泊まったが、その方は十年くらい前に亡くなり、その後、奥さんには広い家の管理が手に余るので、遠からず家を処分するという連絡をもらい、二十余年ぶりにそこへ行くことにしたそうだ。札幌の家よりその旭川の先生のお宅の方が、自分にとっては帰りたい家なんだとソンジュは言っていた。

　お父さんの留学時代から札幌で暮らしたソンジュは、留学生が家族連れで住める大学の寮と、駅からバスに乗らないと行けない広いけど遠くて古いマンションと、同様に広いけど遠くて古い団地と、お父さんが教授になって経済的に安定した後で引っ越した新築マンションと（お母さんは当時なぜだかこの新築マンションを嫌っていた）、そしてまた学校からは遠くなったが地下鉄の駅近の、新築でもなく古くもないマンションを記憶していた。何度も家を移った後に韓国の大学にポストを得たお父さんとともに一家はソウルへ引っ越し、その後もソンジュはこれに似たことを何度もくり返さなくてはならなかった。大学の寮と　大学の近くのワンルームマンションと　職場の近くのワンルームマンションと　遠くて安くて古いとこ　近くて狭くて高いとこ　そうして部屋また部屋を。家なんてものはどこにあるのだか、遠すぎる言葉のように感じられた。

　札幌に住んでたときって、どんなだったかなあ。学校では一人ぼっちで、家は気楽だけど気詰まりだった。どこかを、つまり学校から家まで帰る途中の駅周辺とか、レコード屋さん目当てに行っていた地下の商店街や、いつもホットココアを頼んでいてあるときからコーヒーに切り替えたカフェなんかをぐるぐる回ってた記憶だけが残ってる。あのころに戻って自分を見たら、記憶に残っているのより明るくて楽しそうな女子高生かもしれないけど、そう思うと同時に、記憶よりずっと暗い顔をしてたかもって気もするな。T先生は父さんの知り合いで、父さんより二十歳近く年上だから心の優しいおじいさんという感じで、温和っていうのはあんな感じなんだろうなと思わされる方だったの。そのとき私は学校にも家にもうんざりだったけど、旭川のT先生のおうちに遊びに行くことだけは嫌じゃなかったんだよね。どこにも心を許せない十代の女子中高生が両親と一緒に出かけるのが嬉しいはずがないけど、T先生の家は広くて本やレコードがいっぱいあって、子供たちが独立してがらんとした家の電気のついてない部屋にそっと入ってじっと座っていると、なぜだかこの世に自分の居場所を見つけた気持ちになってね。ギターを初めて弾いたのもT先生のおうちで、行くたびにギターを弾いていたら習ってみたくなり、バイト代を貯めてレッスンを受けに行ったことも思い出すよ。今もあのギター教室はあるのかなあ。ギターの先生は結構厳しくて、そういえばT先生も、ギターについて質問したときはふだんよりいかめしい感じで説明してくれたことを続けて思い出す。

韓国に帰った後でT先生に会ったのは、十年以上経って北海道旅行をしたときだけだった。そのときも、何のせいだったか時間がなくて、旭川駅の近くで一緒にコーヒーを飲んでおしまいだったの。先生は食事をおごってあげられなくて残念だとおっしゃってた。それから私は美瑛(びえい)に行って、それが最後だったと思う。その翌年だったか、父さんからT先生が亡くなったと聞いて、父さんと母さんはお葬式に出るために旭川に行ったけど、私はいろいろ用事があって行けなかったんだと思う。その後も両親は先生の奥さんに会いに何度か旭川に行っていたけど、もう先生の奥さんも札幌のお嬢さんの家に引っ越されて、旭川の家は空いているって言っていた。

——会うとまだ、あんたの話をなさるよ。

——そう?

——うん、そうなんだよ。元気かってお聞きになるよ。

——荷物、多いんでしょうに、どうやって処分するんだろ?

——それが心配らしくてね。先生が亡くなったときお嬢さんが一度整理したんだけど、とにかく本がすごく多い家だから。たぶん図書館に一度に寄贈するおつもりだったと思うけど。

　今も私に家はなくて、それはいらいらするようなことでもなくて、ソウルという場所は高くて大変だから、そのせいか私に家がないことも自然って感じで、ときどき他の人の家に行って寝てみたくなるのは家が必要だからなのか、またはちょっと休みたいだけなのか、どっちもかなあって思ったりして、契約が切れて仕事を休むことになったとき、T先生の家のことを考えたの。私の想像の中で、あそこは家だし、広いし、静かだったからね。

最初はソンジュの提案を断ったのだ。外国でガイドをやったことはないから不安が大きかったんだと思う。でも断っておきながら、一度は経験しておくのもいいんじゃないかという思いが消えず、それでだろうか次に会ったとき、じゃあやってみると承諾することになった。ソンジュが先に必要な書類を揃えておいてくれたので、実際には簡単にスタートできた。ソンジュが冬眠をする場所は両親の古い知り合いのT先生夫妻が住んでいた家で、旭川駅から歩いて行ける距離の二階家で、築五十年以上というからどんなに古いかと思ったが、いざ到着してみたら、古いけどよく手入れされている印象だった。今も家を管理する方がおられるらしい。ソンジュは大学のころ映画館で一緒にアルバイトをしていて知り合った友達で、たぶん二人とも相手への印象は「仕事のできない人」だったと思う。当時も今も韓国は、さっさとやれない人やぼーっとした人には過酷な国だけど、ソンジュはさっさとできない方、私はぼーっとしている方だった。ぼーっとしてるのにどうしてさっさとやれたの？　と聞かれるかもしれないが、ときどきそういうこともあると思う。二人とも何度となく叱り飛ばされて仕事を覚えていったが、根気はあるタイプだったのか、かなり長くそこで働き、同じころに入ってきた人たちがみんな辞めてもソンジュと私は残った。ソンジュと親しくなったのは二人ともある程度仕事に慣れて、新しく入ってくる人たちに仕事を教えられるようになった後だった。使える人になってみてやっと、お互いを恥じたり面倒くさがったりせず、楽につきあえるようになったのだ。ソンジュは小さいころから日本で暮らしたのでほとんど母語に近いくらい日本語ができ、大学卒業後は貿易会社に勤めてすぐに辞め、クラシック音楽関連の会社と翻訳関連のエージェンシーで働き、その間も通訳と翻訳の仕事を根気よく続けていた。私はソンジュとは別の分野で働いていたが、いくつかの会社に勤めて辞めたことと、その間もガイドの仕事をこつこつやってきたという点では似ているだろう。ソンジュは旭川のその家で二か月ぐらい過ごす予定だが、まずは札幌に一週間ほど滞在して旭川へ向かい、何日か過ごしてから冬眠に入るという。私はソンジュと逆に旭川空港から入国し、ソンジュのガイドをやった後で札幌に行く予定だった。何年か長い旅行はしてなかったし、仕事を兼ねて旅をするのはいいなと思った。いや、ソンジュがそう言って提案したんだ。休暇のつもりで来て、仕事してよって。聞いてる分にはいい話で、結局やると言ったけど、やっぱり仕事は仕事だから、出発日が近づくとだんだん緊張してきた。でも、どんな仕事でもある程度は似ているだろう。緊張してれば、思ったより大変じゃなかったなあと思うし、余裕のあるつもりでいると面倒なことが起きる、そういうもんじゃないかな。

空港に迎えに来たソンジュと一緒に、これから泊まることになるT先生の家に行った。古い二階建てで、四人暮らしにちょうどよさそうな、広すぎも狭すぎもしない家だった。二階に上る木造の階段があり、T先生の奥さんがしばらく前まで住んでいたからなのか、まだ誰か住んでいそうな気のする場所だった。たんすには服がかかっていて、廊下には今まで一緒に住んでいた猫たちの写真が飾られていた。どの子も可愛い、切なくなるような存在たち。

空港を出た後から雪が見えだし、どこへ行っても腰の高さまで積もっていて、最初は珍しかったがだんだん慣れてきた。荷物を整理してソンジュと一緒に近くの食堂でラーメンを食べ、近くの古い銭湯に入って、近くのスーパーでビールとお菓子を買って帰ってきた。お湯に体を浸けるとなぜだかいつも、実感というものと距離ができていくみたい。ここがどこでもよくて、ただお湯に体を浸けているということだけがわかっている感じ。そういえば二人でお酒を飲んだことはなかったけど、この日も二人とも一缶ぐらい飲んだだけで、あとはウーロン茶を飲みながら話した。もう少しいたいならもっと泊まってもいいとソンジュは言い、誰かが住んでいた家に来て座っていると、昔からここで暮らしてきたような気がすると私は思い、明日の午前中はそれぞれの用事をすませて戻ってきたらスケジュールの確認をして冬眠を開始することにした。ソンジュは、あんなに長く札幌に住んでいたのに連絡を取り合う友達は誰もいないと言った。

――だけど、聞いてみたらみんなそんなもんだと思うよ。実際みんな、意外に友達ってないでしょ?

――そうかなあ。でも私はほんとにそのころ友達がいなかったの。誰も。大学に入ってやっと、学校っていう場所が少し面白くなってきたみたい。

T先生夫妻は韓国に関心が高かったのか、韓国語の教材や歴史関連の本が見えた。ソンジュは、お父さんはT先生とやりとりを続けて、会いに行っていたけど、自分はどうしてそうしなかったのかちょっと後悔が残ると言っていた。お風呂に入ったためかとろんとしてきた私とソンジュは、すぐに大きい部屋に布団を敷いて寝た。翌日、ソンジュは近所でコーヒーを飲みながら本を読んでくると言い、私は駅を中心に街を見に出かけた。歩いているとパイプの絵が描かれた小さなたばこ屋があり、中をのぞいてみるとすごく小柄なおばあさんがじっと座っていて、思わず入ってたばこを買って出てきた。最近はこういう普通のたばこを吸う人を見かけることが稀になった気がする。みんな電子たばこを吸ってるんだろうと思う。それぞれでお昼を食べ、二時過ぎに家に帰ってきた。私は、午前中に公園に行ったら雪が積もってて誰もいなくて、でも走っている人はいたということを話した。ソンジュは、ここで生まれ育った人たちはあんまり転ばないらしいと言った。私とソンジュはテーブルについてもう一度スケジュールをチェックし、飲むべき薬と、決められた検査の時間を確かめた。ソンジュは今日、月曜日の夕方から五日間冬眠をして、土曜日の朝には起き、徐々に復帰する予定だ。何に復帰するんだろうか　ふだんの生活に？　または、新しい旭川生活に、ということもあるのかな。私は時間が余ったので、まだトイレの位置ぐらいしか覚えていないこの家をゆっくりと見て回った。本棚と窓とテーブルと椅子、赤いチェック柄のテーブルかけと古いスピーカーとターンテーブルとレコード。小柄なソンジュは中高生時代も今と同じくらいの背丈だったそうで、スピーカーのある部屋でいつもレコードを見ていたと言った。

——かけてみようとは思わなくて、ただ、一枚ずつジャケットを読んで想像してたんだけど。

——それも面白いよね。

――うん　それだけでも十分に楽しかったけど、たまにT先生が入ってきて、聴きたければ聴きなさいって言ってかけてくれて、それでときどき聴いて、ああいいな、とか思ってたみたい。

ソンジュは先にシャワーを浴びて冬眠に入る準備をしっかりすませ、もう一度荷物を整理した。私も横でもう一度部屋の状態をチェックし、温湿度計をベッドの脇に置いた。そして時間になったので、ソンジュは冬眠に入った。ガイドの仕事をするたびに感じることだが、単にちょっと早めの時間に寝た人みたいに見える。以後ソンジュが冬眠をしている間、私はソンジュの状態をチェックした後、中高生時代のソンジュみたいに部屋の中にじっと座ってレコードを見ることになった。部屋の明かりをつけずにレコードを見ているソンジュは、私の脳裡(のうり)ではなぜか実際より小さかった。初日は、ソンジュが寝ている部屋の壁ごしに置いたソファーで寝た。思ったより楽だったから、五日間ずっとソファーで寝たが、夢をいっぱい見たこと以外、特に困ったことはない。次の日は朝起きてソンジュの状態をチェックし、近所を散歩して、前の日に会った人とは別の走る人に出くわし、帰る途中で、夕ごはんを食べるのによさそうな店をチェックした。そういえば着いた日に、壁にかけてある写真の猫たちについてソンジュに聞くとよく知らないと言ってたが、それからちょっとして何か思い出したらしく、黒猫は何度か見たと言った。
――もしかして、名前はクロ？
――当然クロ。

　写真の中のクロはしっぽを立ててこの家の廊下を歩いていた。散歩した後買い物をして帰ってきて、またソンジュの状態をチェックして、サンドイッチで簡単にお昼を食べ、本立てに立ててある韓国の労働運動史関連の本を読んだ。紙がもう黄色くなっていて、折ったところを開いたらすぐ破れそうなほどぼろぼろだった。ふと、何十年も同じ家で、何十年も本を本立てに立てたまま、額と写真のかかった家に住むということについて考えた。昔はそんな暮らし方があったわけだけど、それは何となく私の手には入りづらいものに感じられると同時に、ひょっとしたらあるときに簡単に手に入ってしまいそうでもある人生だった。家というものがあり　大人になって新たに作った家族があり　本とレコードがあり　隣人がいて　近所があり　勤め先があり　健康保険があり　同僚がいて　私もある程度はそれに似たような暮らしをしてきたかもしれないが、それを自然に抱え込んだ家という場所に座っていると、すごく違う人生を生きているという感覚とともに、いや　ここが私の家だという、自分が苦労して今、この家という場所を手に入れたんだという感覚が同時にやってきた。せいいっぱいの演技で手に入れた感覚だけど、一度そう信じてしまうと本当に私の家みたいに思えてきて、そうなると私は誰なのかな　T先生の奥さんなのか私とTさんは子供たちと一緒にこの家に住んでいるのか　それともT先生の子供か甥や姪なのか　あるいはその配偶者なのか　誰にでもなれるような気が、それもまたしばらく兆して終わった。

昨日ソンジュに聞いた通りレコードを一枚かけて、床に毛布を敷いて横になった。ビル・エヴァンスという覚えのある名前で、すごくなじんだ良い感じがしてすぐに眠れそうだったが、ソンジュの様子を確認しなきゃと思うと眠気が覚める。何曲か聴いてからソンジュの状態をチェックして、読んでいた本をもう少し読んだ後、夕ごはんを食べに出かけた。バッグには財布と携帯電話と昨日買ったたばことライターを入れた。暗い夜、道沿いの雪はきれいに雪かきされていて、積み上げられた雪は真っ白で、店に入る前に静かな路地に立ってたばこを吸った。初めて見る新しい種類のたばこで、小柄な体ではきはき話していたたばこ屋のおばあさんを思い出し、この一箱を吸い終わる前にもう一度行ってみようと思った。

道を渡って店のドアを開けると、喫煙可能な店なのか、カウンターに座った二人の人がたばこを吸いながら、ある知り合いの小説家の七〇年代の小説について真剣に会話しているようだった。私は知っている日本語の単語をつなぎ合わせて彼らの会話を再現してみようとしたが、やっぱりどういう話なのか理解できなかった。パスタとコーヒーを注文し、私もたばこをもう一本吸おうと思ってバッグの中を探したが、なぜかライターだけあってたばこが見当たらない。財布と携帯電話と手帳　領収書　全部取り出して確認してみても見当たらなかった。さっきバッグに入れたと思ったけど、たぶん雪の上に落としたんだろう。雪の上だから音が聞こえなかったんだな。雪降る静かな夜、音を飲み込んでしまう雪のことを考えた。雪が食べた私のたばこ。

　家に帰って服を着替え、手を洗い、ソンジュの様子を確認し、帰りに買ったパン　卵　野菜などを冷蔵庫に入れた。シャワーを浴び、短いメモを書いて早めに寝た。日が沈むのが本当に早いことを実感し、もうすぐ会うユンテに雪の写真を送り、ほんとにすぐ暗くなるねとメッセージを送った。返事はなく、私はすぐに寝てしまった。

　翌日も前日と同じように朝起きてソンジュの状態を確認し、軽く散歩して、でもこの日は走る人に出会うことはなく、雪の上を歩くことにも慣れてきたと自信を持った瞬間、転びそうになった。昨日とは違う道を散歩道に選んで歩いていくと、口を開けて咆哮（ほうこう）している木彫りのクマを売っている工芸品店が見えた。じっと立って木でできたクマを眺めた。クマの写真を撮り、店の看板を撮り、まだ腰まで積もっている雪を撮った。あたりには誰もいない。みんな家の中にいるんだろうと思う。帰ってくるとき、昨日パスタを食べた店の方向へ歩いていると、遠くから大きなカラスがまるで私に話しかけるみたいにカアッ、カアッと鳴いた。私を試すように見つめるカラスを意識して、違うよ　私はただ道を歩いているだけ、あなたの気持ちを逆撫(さかな)でするような行動はしないよと言いながら歩いていった。カラスの方にどんどん近づいていくと雪道の上にキラキラするものが見え、近づいてみると昨日なくしたたばこだった。キラキラの紙はずいぶん破れていた。道に落ちているたばこを何本か、ほぼそのままのたばこの箱に入れた。カラスがキラキラする紙を見て興味を持ったけど、えい、つまんないやと思って遊びを中断し、私にたばこを返してくれたというお話を作ってみた。そして、私がたばこをちゃんと持っていくかどうか見ているのだという、これまた勝手なお話も作った。昨日のあの路地で一服しようかと思ったが、どこだったかよく思い出せない。家に帰って手を洗い、ソンジュをチェックし、パンと卵とリンゴを食べた。コーヒーを淹れて飲み、ビル・エヴァンスをもう一度聴いた。それから掃除機で掃除をし、タオルを集めて洗濯した。温風機をつけておくと部屋が乾燥するようなので、ソンジュの部屋に加湿器をかけ、タオルも何枚か干しておいた。韓国から持ってきた本を読もうかと思ったがなぜか手が伸びず、T先生の本棚、といってもT先生の本棚なのか奥さんの本棚なのか子供たちの本棚なのかわからない本棚から鳥類図鑑を取り出し、繊細に描かれた鳥たちを見た。ソンジュをもう一度チェックし、食器を洗ってから再び鳥類図鑑を開いたが、さっき読んだとき覚えておこうと思って何度もくり返し読んだ鳥の名前が初めて読むように目新しい。それからまた口の中で言ってみると、前に読んだことのある名前に思えてきて。

ソンジュの様子を見てから本棚の本を取り出し、夕方には昨日パスタを食べたカフェに行き、ピラフとコーヒーを注文した。ショートカットの二十代前半の女性がカウンターに座って本を読んでいた。スウェットパンツに、袖が長くて手首を覆うニットのカーディガンを着て本を読んでおり、暗い位置だったが、その照明に慣れているのか集中して自然に読んでいた。誰かが何かを熱心に読んでいるのを見るのは久しぶりの気がする。この人について説明しようとしたら若い女性とか女の子とかいうことになるのだろうけど、そう呼んでもこの人は絶対振り向かないだろうな。軽やかで元気で、あるときにはひどく怒りそうな人。カフェのオーナーとその人は、近くのスキー場でアルバイトをする若い人がいなくて困っているという話を始めた。スキー場近くの他のホテルやリゾートも同じだそうだ。湯気の立つピラフを受け取って食べ、また本を読みはじめたその人を見て、その人の丸い後ろ頭を見て、コーヒーを飲むころになるとその人が本を閉じて誰かに手紙を書きはじめた。今のご時世に珍しい人だねえ、とまるで校長先生みたいに満足そうに言う私がいて、だけど日記や落書きかもしれないのにどうして手紙だと思ったのだろう。その人は便箋に何かを書いていたようだ。何も食べず、お酒でもコーヒーでもなく、オレンジジュースを飲みながら手紙を書いていた。コーヒーを飲み終えて立ち上がるときに一瞬見合わせたその顔が、なぜか、どこかで見たことのある顔みたいに思えた。

——昨日、ここでたばこを吸おうと思ってバッグの中を見たらなかったんです。それで、なくしたのかと思っていたら、今日道を歩いているときにカラスが何度も鳴くので、よく見たら、昨日なくしたたばこを持っていけって言いたそうな目つきをしてたんですよ。
——カラスは頭がいいですからね。はっきりわかっててやったんでしょう。私も生ゴミを捨てるときに必ず、これはつついて取っちゃだめだよってカラスに言うんですが、そうすると、それは取りません。

断言するように言うオーナーの顔を見ていると私は徐々に、そうだ　カラスは本当に私のことがわかったんだと信じそうになり、オーナーは、ここでは雪の上に何かを落としてなくすことが本当に多いのだと言った。鍵　手袋　帽子　携帯電話　それから。その人は笑いながらまたカラスの話をした。

——カラスは本当に賢いんですよ、犬並みです。

私は「犬並み」という言葉を聞きながら、ナミという表現はそんなふうにも使うんだなあと驚く。外国語を勉強して身につけるとき、本でしか習わなかった表現を会話の中で聞いて、あ　こういう意味なんだなとわかることがある。カラスはほとんど犬と同じくらい頭がいいから犬並みで、だったら、犬程度にしか頭がよくない人も犬並みということになるはずだけど、これはあまり良くない表現だと思うと何だか犬に申し訳ない気がする。私は、本当にそうですね　何となくカラスは覚えていそうな気がします　と言って笑いながら店を出る。雪を踏みながら、雪は音を食べ　雪野原の上の手袋やハンカチ　雪野原に静かにばらまかれた手袋たちのことを考えてみて、雪が溶けてやっと濡れたまま発見されるたくさんの手袋のことを思い浮かべる。昨日公園を散歩したときは雪がとても高く積もっていて、あの中に何かが隠れているかもしれないと思ったことが続けて思い出され。しっかり気をつけて、ちゃんと手袋を持って帰ろうと思いながら家に帰り、着替えて洗濯をしてソンジュの様子を見守った。こうしてあと何日か経ったらソンジュの冬眠が終わるけど、そのとき絶対カラスの話をしてあげたい。カラス、手紙を書く人とメモに書いておいた。週末になったらメモを見せてあげて、聞きたい話を選んでごらんと言ってみよう。カラスはイヌナミ　そう言うとき、そのイヌはどんな犬なんだろう。私はソンジュが寝ているベッドの横の床に毛布を敷いて横になり、イヌナミ、と小声で言ってみた。犬のことを考えると遠くから吠えながら嬉しそうに走ってくる犬が思い浮かび、普段の私なら、ああ　猫がミャーって鳴くのはほんとにいいなあ　と思うだろうけど、今日は遠くからカアーッと鳴きながらカラスが飛んできてどこかにとまった。そしてまた遠くへ飛んでいった。カラスが拾ってくれたたばこがある。全部吸ってしまわず何本か取っておいて、ソンジュにあげようと思った。時間というものをどんなふうに感じたり判断したらいいのか私にはわからないけど、残りの何日間かを残りのたばこの本数で計算してもいいだろう。そうしたら、私は今や我が家のように私を手なずけ、私を見守ってくれたこの家を離れ、札幌に向かうことになるだろう。そして二日間泊まる札幌のホテルにすぐに慣れ、じっと窓の外を眺めているだろうと思った。その日はそんなことを考えながら眠った日。夢は見なかったけど、どこかからカラスが私を見ているかもしれないな　カラスはイヌナミだから。

作家のことば

最初の短編「夏の終わりへ」は、『愛する犬』（スイミング・クル、二〇一八年）に収録されたものだが、この本の原点ともいえる小説なので再録した。この小説を書いている間、私はこれをいつまでも書き続けられそうな気がしていた。その思いがここまで来させたのだが、いざ本が出て読み返してみると不思議な気分になった。この短編を読んで、続きを書いてごらんと言った評論家のユ・ウンソンさんの言葉が具体的に役に立った。

「日曜日のために」は、以前、サンウさんから送られてきたメールのタイトルだ。日曜日を過ごすのに向く音楽を送ってくれて、それを聴きながらこの短編を書いた。

ファン・イェインさんに頼りたくて本を作っているような気がする。パク・セヒョンさんとカン・ヘリムさんの推薦文は今まで見た推薦文の中でいちばん面白かった。みなさん、ありがとう。

『愛する犬』を出してからかなり時間が経ったと思っていたが、いざ年度を確認してみるとそうでもなかった。何が変わったのか変わってないのかよくわからないけど、『愛する犬』のあとがきに書いた言葉をもう一度書いておきたい。「私がこれからやること、やらないこと、できないことがいつも、いつでも楽しみだ」。今もまだそんな気持ちだ。

二〇二二年秋

パク・ソルメ

あんまんは夏に、夢の中で食べた方が美味しいです

パク・セヒョン［翻訳者］

私は八月の初めから一か月、夏眠をすることにした。自転車に乗っていてけがをして、しばらく病院暮らしをした後のことだ。異様に暑い夏だったし、本格的な翻訳作業を前にして休息が必要だったからでもある。もしかしたら単に、あんまんを食べる夢を見たかったからかもしれない。クエルナバカにあるカシノ・デ・ラ・セルバ・ホテルに部屋をおさえ、列車に乗る前に、冬眠経験のあるソルメさんに電話した。普通に韓国で休んで冬眠してもいいんじゃありませんか？　いえ、この機会にクエルナバカを観光しようと思ってるんですよ。こっちにいたらあんまんも食べられるのにね。あんまんは夏に、夢の中で食べた方が美味しいですよ。電話を切るときソルメさんは、最近冬眠を終えた後に書いた文章をメールで送ってあげると言った。私はクエルナバカに着いてホテルに荷物を置くとすぐ

にマルコム・ラウリーの本を片手に外に出た。小説に出てくる場所をたどって歩いていくと、マクシミリアーノ皇帝とカルロッタ皇后が夏の休暇を過ごした別荘に行き着いた。両側に植木鉢が並んだ石畳の道が尽きたところに噴水があり、カルロッタではなくシャルロットと呼ぶべきだという気がして。マクシミリアーノも、マクシミリアンと呼んだ方がよさそうだ。ナポレオン三世によって無理やりメキシコ皇帝にさせられたマクシミリアンは、シャルロットと一緒に大西洋を渡り、メキシコシティに到着した。でもマクシミリアンは、皇帝に即位してから三年も経たないうちにベニート・フアレス率いるメキシコ軍に処刑された。シャルロットはマクシミリアンを助けるためにヨーロッパ各地を回って助けを求めたが、何の役にも立たなかった。シャルロットはそのとき何て言ったんだろう。私の夫を助けてください。メキシコを救ってください。メキシコを救ってください？　それはないだろう。夜遅くホテルに戻り、ソルメさんが送ってくれたテキストを開いてみた。夜が明けたら夏眠を始めるんだと思うと、緊張のせいか文章の内容がちゃんと入ってこない。真ん中へんに影ラクダの説明があったのをうっすらと覚えている。影ラクダについて知っていることを話しておくなら、その特徴は三つだそうだ。一。影ラクダは影でできたラクダである。二。影ラクダは砂漠を歩く。三。影ラクダは他の影のラクダが死ぬのを見ると死ぬ。ここで私たちが必ず覚えておくべきことは、影ラクダについて私たちが知っているのは、一……影ラクダは……影でできたラクダで……二……砂漠……歩いて、歩いて、また歩いて……ラクダ……三。目を覚ます。

キャンバスに塗られた質感も生々しい絵の具をひたすら眺めるように

カン・ヘリム［装丁家］

パク・ソルメを読むと、やっぱりいいと思う。でも（誰にも聞かれていないけど）、どこがいいんですか？　という質問に答えるためには、人も自分も納得できる理由を詳らかにしないといけないらしい。……いいものはいいってことでしょ、他に何て言えば？　とも思うし、読んだとたん胸がいっぱいになって、「読んだら鳥肌が立って頭が真っ白になった。だからって私がこの小説を理解したわけじゃないけどね」と編集者にメールしたことは事実だし、それで何日もしないうちに推薦文を依頼されて、依頼した人にもそれなりに理由があるのでは？　という気持ちから承諾してしまったわけだけど。「ソルメさんの作品、好きでしょ」と言って頼まれたのだが、パク・ソルメの小説が好きというのは、単にかっこよく思われたいからということもありうるんだけど……どうして私に？　と聞くには遅すぎた。誰もが常に正しい判断を下せるわけではないが、今回は判断ミスじゃないですか、と言うにもやっぱり遅すぎた……その上、今この文章を読んでいる人からも、何で？　何であなたが？　と質問されそうでなおさら緊張する。一方で、自分がおずおずとメールに書き加えた言葉が気になる。理解できたから好きになる資格が生じるってわけじゃないですよね？　それは私が、書かれたものの意味や象徴を見逃すことを恐れ、描かれていない部分を見つけると耐えられないタイプの野暮な読者だからだろう。え、どういうことですか？　何をです？　と私が尋ねても、パク・ソルメは相変わらず笑みを浮かべて黙っている。そんな中で文字はどこかへどんどん流れていき、途中には空白の部分もあり、わざと消したのか描かなかったのかが私にはわからず、キャンバスに塗られた質感も生々しい絵の具をひたすら眺めるように、これをずっと追いかけ、見ていたいと思う。理解も解釈も必要なく、そこにあるものをそのまま読み取るのが楽しいという時間が存在するのだ、と考えてみると、私の仕事にも似たようなところがあることにやっと気づき、私にとって身近な概念を思い出す……。すべての視覚的造形に意味や象徴を付与することはできないし、あるものは、そこに置かねばならないから置かれているのだということ。ある形象から目が離せないとき、それは空白のおかげだということ。

どうして他の物語はそんなやり方で私を訪ねてきたりしないのに、パク・ソルメの書くものはそんなふうにして私にやってくるのだろう、私はそれがいつも不思議だったが、と同時に完全に心を開いてそれを受け入れていた。すると、私がそこにいたいと願う、少し違って似ている人物たちの世界が鮮明に近づいてきて、今の私や私が見ている風景や場面を生き生きと意識できるようになった。二つの世界は分離されているにもかかわらず触れ合っている、という確かな感覚は、ある瞬間の連続とは何かに到達するのを待つ過程ではなく、ある意味ではもう完成しているのだという認識をもたらし、私は冬眠とガイドと影犬が存在する世界にいながらにして自分の世界も大切にできる力を手に入れた。パク・ソルメを読む前は、そんな時間があることを知らなかった。しかし確実に言えるのは、何を食べようが、どこへ行こうが、夢を見ていようが目覚めていようが、持続させることであれ抜け出すことであれ、苦しみもあるが楽しみも作り出せるということ、そして何より、読んでいる自分自身を疑わなくていいという事実で、私はそれをここに書いておく。

訳者あとがき

パク・ソルメが散歩している限り、私たちには今後もエネルギーがチャージされそう。

この十五年パク・ソルメは、他では読んだことのないような小説によって、読者たちを『影犬は時間の約束を破らない』を読んで、まずそう思った。

初めての世界に連れ出しつづけた。そこでは現在と過去と未来が自在に行き来し、見慣れたつもりの風景が全く違うものに見えてくる。デビュー当初は、緊張感に満ちた実験的文体が話題になることが多かったようだが、それは十五年の間に徐々に変化し、今は「通気性の良さ」というべき感覚が作品を覆っている。

そして以前も今も、登場人物たちは非常によく散歩する。この人たちが読者の脳内を歩き回っては、未知の領域をどんどん鋤き起こしてしまうので、読み終えた後、それが何なのかわからないままに、すっきりと更新された感覚が残る。

パク・ソルメは一九八五年光州生まれ、韓国芸術総合学校の芸術経営科を卒業し、二〇〇九年に長編小説『ウル』が第一回「子音と母音」新人文学賞を受賞、「文字通り完全に新しい、見たことのない小説」と評価されてデビューした。二〇一四年に短編「冬のまなざし」で第四回文学と知性文学賞、短編集『じゃあ、何を歌うんだ』で第二回キム・スンオク文学賞、二〇一九年、キム・ヒョン文学牌、二〇二一年に『未来散歩練習』で東里（トンニ）木月（モグォル）文学賞と、錚々たる文学賞を次々に受賞、その存在感は揺るぎないものになっているけれども、ご本人はごく淡々と、飄々と、書きたいことを書きたいスタイルで書いているという風情だ。

今までに、日本オリジナル編集の短編集『もう死んでいる十二人の女たちと』（拙訳、白水社）と、『未来散歩練習』（拙訳、白水社）が翻訳出版され、ともに多くの読者を獲得した。他にも、雑誌に掲載された短編（書き下ろしを含む）がいくつかあり、日本においても多くの人が次回作を待ち望む作家である。

本書はそんなパク・ソルメの三冊目の紹介となる。二〇二二年にスイミング・クル（「泳ぐ蜜」というかわいい社名だ）から出版された『影犬は時間の約束を破らない』の全訳に、この日本語版のために書き下ろされた新作「旭川にて」を併録した。ちなみに、スイミング・クルからは二〇一八年にパク・ソルメの『愛する犬』という短編集も出ており、犬が二冊続いたことになる。

犬がかわいくて、人もかわいい。犬にさまざまな犬種があるみたいに、この短編集に出てくる人たちも少しずつタイプが違うが、どの人も安心な感じがする。どこかのベンチで隣に居合わせたとしても大丈夫そうだ。温陽(オニャン)で酢豚を食べながら『チボー家の人々』を読む「私」も、シオンもテシクも、隣に座ったらしばらく話をしてみたいような人だ。ホ・ウンだけは最初に読んだとき、ちょっと緊張させられそうな人かなと思ったが、今回、ホ・ウンの日記を読みなおしてみて、やっぱり話をしてみたい人だと思った。

実は、「水泳する人」を初めて読んだときは、歯科医師で、元の夫が大金持ちらしいホ・ウンと、非正規で働いているらしい「私」との格差、みたいなものをやや意識したのだった。でも、二人の関係をそんな平板なものさしで勝手に測っちゃダメなのだと、今はわかった。二人とも、自分や社会と世界について考えたことをできるだけ率直に意見交換しようと努めていて、相互の違いは違うという以上でも以下でもないのだ。

犬と同じくらい大事なのが、この本が「冬眠短編集」だということだ。つまり、すべての作品が、大きなショックを受けたり疲労がたまったりした人が医療の一環として長い睡眠(冬眠)を取る、というSF的な設定を共有している。冬眠者が眠っている間、「ガイド」と呼ばれる人々が仕事としてその様子を見守る。と同時にガイドは、冬眠期間を通じて旺盛に散歩し、そこにしかないさまざまなものを見て、考えて、食べて、ときには走り、人と出会う。これが本書の基本的な見取り図だ。なお、作家によれば、「ガイド」という仕事名は、黒沢清の映画『散歩する侵略者』にインスピレーションを得たものだという。

作品の配列は発表時の時系列に沿っている。大きく見て二つのグループがあり、まず、話者である「私」が友人の歯科医師ホ・ウンのガイドを務める冒頭の二作。そして、シオンとテシクの二人がテインのガイドを務める「この部屋でだけ作動するすごく性能のいい機械」以下の作品群。その中間に置かれた「ランニングの授業」には両グループの人物が出てきて、二つの世界をつないでいる。新作の「旭川にて」はどちらにも属していないようだ。

冬眠者たちの睡眠を見守るのがガイドであり、ガイドたちを見守るのが「影犬」だ。ガイドが疲れきってしまう前に散歩に誘い出しに来てくれる犬たちだ。ところで、見守りとは常に一方通行なのだろうか？　テインは冬眠している間ずっとシオンを見守っていたし、テシクやシオンも心のどこかで自分の影犬たちを見守ってきたのではないだろうか。〈見守り〉と〈見守られ〉が行き来する星で、影犬は吠え、散歩を要求する。私たちはその要求に従わなくてはならない。

なお、「水泳する人」は、二〇一九年に『文藝』の特集のために書き下ろされ、翻訳されたものである。二〇二二年に『あなたのことが知りたくて　小説集　韓国・フェミニズム・日本』（河出文庫）に収録されたが、韓国でも同年に単行本（本書の原書）に収録され、その際、かなりの改稿があった。本書ではその改稿内容を反映させると同時に、訳文を全面的に見直した。二〇二四年十一月現在、『あなたのことが知りたくて』に掲載されているものは改稿前の状態だが、今後、増刷の折に新しいバージョンにさしかえる予定である。

また、「夏の終わりへ」の三十五ページに、女性であるホ・ウンを「彼」と呼ぶ場面があるが、これは韓国の、特に女性の作家に多く見られることである。そもそも韓国語は日本語に比べて性差表現が少なく、また評論や報道記事などでは女性に「彼」を用いても不自然ではないが、文芸作品においては「彼女」と「彼」を使い分けることが多かった。それに対して近年はパク・ソルメと同様、女性の人物に「彼」を使う作家が増えており、これは英語で女性にも「They」を用いるのと似たような流れの中にある。こうした動きは今後も続くだろう。

既刊の『もう死んでいる十二人の女たちと』や『未来散歩練習』には、一九八〇年に起きた光州事件（韓国では「五・一八民主化運動」と呼ぶ）や一九八二年に起きた釜山（プサン）アメリカ文化院放火事件など、韓国現代史に大きな影響をもたらした社会的事件が登場していた。

一方、『影犬は時間の約束を破らない』では、働き方や住居難など、より身近な問題が、「日常SF」とでもいうべき不思議な空気の中で語られる。一極集中が進んだソウルの都市生活にはみんな確実に疲弊しているけれど、互いにゆっくり出会いながら、静かに粘り強く呼吸を整えていく。わかりやすく恋愛に溶けてしまわない感情のやりとりも心地よい。誰もが複数の時間を同時に自然に生きており、誰かの記憶はその誰かだけのものではない。影犬と一緒に散歩して一、二、三で目を開ければ、自分と時間との関係は回復し、悲しみは薄まっている。

なお、パク・ソルメの文体は、意識的に文法的な正しさからは少し浮遊したところで綴られている（とはいえ初期の作品に比べたら、その度合いはどんどん薄まってはいるが）。この作家の文章はいつも、ふだん私たちが文章だと思っているものを改めて見直すきっかけをくれる。一人の人間にとって、思い（考え）と言葉の間には必ずズレが生じるものだが、文章にするとそれが不変のもののように固まってしまう。だがパク・ソルメの文章は、誤差を含めて泡立てたようなふっくらした質感を持っている。それをできるだけつぶさないように翻訳しなければならないが、ちゃんとできたかどうか、いつも心許ない。

翻訳者のパク・セヒョンと装丁家のカン・ヘリムの推薦の言葉を見ればわかるように、友情に包まれた本である。また、「水泳する人」と「旭川にて」という、最初から日本の読者にも向けて書かれた小説が二つも入っていることは、海外文学を読む喜びを倍増させる。世界も社会も、隙あらば絶望を補給しようとしてくるが、それを拒否して生きつづけるためには散歩と友情が要る。パク・ソルメのお話はそのためのエネルギーを着実に補給してくれる。

翻訳チェックをしてくださった伊東順子さん、岸川秀実さん、担当してくださった河出書房新社の竹花進さんに御礼申し上げる。

二〇二四年十一月二十日

斎藤真理子

・『影犬は時間の約束を破らない』初出一覧

「夏の終わりへ」……単行本『愛する犬』(スイミング・クル、2018年)
「水泳する人」……雑誌「文藝」(河出書房新社、2019年秋季号)
「ランニングの授業」……ウェブマガジン「ビュー」(延禧(ヨニ)文学創作村、2020年4月)
「この部屋でだけ作動するすごく性能のいい機械」……雑誌「Ritter」第27号(民音社、2020年12〜1月号)
「影犬は時間の約束を破らない」……雑誌「文学と社会」(文学と知性社、2021年夏季号)
「日曜日のために」……単行本『影犬は時間の約束を破らない』(スイミング・クル、2022年)
「旭川にて」……書き下ろし

*「旭川にて」は本書刊行にあたって書き下ろされ、それ以外の作品は韓国語版『影犬は時間の約束を破らない』に収録されています。

パク・ソルメ（Bak Solmay）
1985年、韓国・光州広域市生まれ。2009年に長編小説『ウル』が「子音と母音」新人文学賞を受賞してデビュー。「完全に新しい、見たことのない小説」と評価された。2014年に「冬のまなざし」で文学と知性文学賞、短編集『じゃあ、何を歌うんだ』でキム・スンオク文学賞を受賞。2019年にキム・ヒョン文学牌を受賞。2021年に『未来散歩練習』（斎藤真理子訳、白水社）で東里木月文学賞を受賞。他の邦訳に『もう死んでいる十二人の女たちと』（斎藤真理子訳、白水社）がある。

斎藤真理子（さいとう・まりこ）
翻訳家。パク・ミンギュ『カステラ』（共訳、クレイン）で第一回日本翻訳大賞、チョ・ナムジュ他『ヒョンナムオッパへ』（白水社）で韓国文学翻訳院翻訳大賞、ハン・ガン『別れを告げない』（白水社）で読売文学賞を受賞。他の訳書にチョ・セヒ『こびとが打ち上げた小さなボール』（河出書房新社）、チョン・セラン『フィフティ・ピープル』（亜紀書房）、チョ・ナムジュ『82年生まれ、キム・ジヨン』（筑摩書房）、ファン・ジョンウン『ディディの傘』（亜紀書房）ほか多数。著書に『韓国文学の中心にあるもの』（イースト・プレス）、『隣の国の人々と出会う』（創元社）ほか。

二〇二五年二月一八日　初版印刷
二〇二五年二月二八日　初版発行

影犬は時間の約束を破らない

著　者　パク・ソルメ
訳　者　斎藤真理子
装　幀　森敬太（合同会社 飛ぶ教室）
装　画　カノウミナコ
発行者　小野寺優
発行所　株式会社河出書房新社
〒一六二-八五四四
東京都新宿区東五軒町二-一三
電話　〇三-三四〇四-一二〇一（営業）
〇三-三四〇四-八六一一（編集）
https://www.kawade.co.jp/
組　版　株式会社亨有堂印刷所
印　刷　株式会社亨有堂印刷所
製　本　大口製本印刷株式会社

Printed in Japan
ISBN978-4-309-20919-7

すべての、白いものたちの

ハン・ガン

斎藤真理子訳

「白いもの」の目録を書きとめ紡がれた65の物語。生後すぐ亡くなった姉をめぐり、ホロコースト後に再建されたワルシャワの街と、朝鮮半島の記憶が交差する、儚くも偉大な命の鎮魂と恢復への祈り。ノーベル文学賞作家による奇蹟的傑作。

こびとが打ち上げた小さなボール

チョ・セヒ

斎藤真理子訳

家屋が密集するスラムに暮らす「こびと」一家を、急速な都市開発の波が襲う。国家という暴力装置と戦う、蹴散らされた者たちのリリシズム。独裁体制下の過酷な時代に書かれ、その後、韓国で300刷を超えて長年にわたり読み継がれる不朽の名作。